मिथुन

आपकी राशि और वार्षिक भविष्यफल 2019

सुरेश श्रीमाली

हिन्द पॉकेट बुक्स
एक पेंगुइन रैंडम हाउस कंपनी

हिन्द पॉकेट बुक्स

हिन्द पॉकेट बुक्स, पेंगुइन रैंडम हाउस ग्रुप ऑफ़ कम्पनीज़ का हिस्सा
है, जिसका पता www.hindpocketbooks.com पर मिलेगा

पेंगुइन रैंडम इंडिया प्रा.लि.,
सातवीं मंज़िल, इनफ़िनिटी टावर सी, डी एल एफ़ साइबर सिटी,
गुड़गांव 122022, हरियाणा, भारत

हिन्द
पॉकेट
बुक्स

10 9 8 7 6 5 4 3 2 1

यह हिन्दी संस्करण पहली बार 2018 में प्रकाशित

इस पुस्तक में व्यक्त विचार लेखक के अपने हैं, जिनका यथासंभव तथ्यात्मक सत्यापन किया गया है, और इस संबंध में प्रकाशक एवं सहयोगी प्रकाशक किसी भी रूप में उत्तरदायी नहीं हैं।

ISBN : 9788121620895

मुद्रक : अनुभा प्रिंटर्स, नोएडा

www.hindpocketbooks.com

हिन्द पॉकेट बुक्स

मिथुन

आपकी राशि और वार्षिक भविष्यफल 2019

सुरेश श्रीमाली का जन्म वेद और ज्योतिष शास्त्र के विद्वान परिवार में, ज्योतिष भीष्म पितामह पं. राधाकृष्ण श्रीमाली के घर में हुआ। इन्हें शुरू से ही अपने घर में आध्यात्मिक और ज्योतिषीय माहौल एक पारिवारिक विरासत के रूप में मिला। आज सुरेश श्रीमाली अपने ज्योतिष और अध्यात्म के ज्ञान से लोगा के दुःख-दर्द को दूर करने में अपना समय व्यतीत कर रहे हैं। सुरेश श्रीमाली एक फेमस टीवी पर्सनैलिटी हैं, जिनके फॉलोअर्स देश-विदेश तक में फैले हैं। इन्होंने एस्ट्रॉलोजी, वास्तु, फेंगशुई और ज्योतिषवास्तु से जुड़ी कई किताबें भी लिखी हैं।

लेखक की अन्य पुस्तकें

1. धार्मिक संस्कारों को जानिए
2. शुभ लक्ष्मी शीघ्र लक्ष्मी
3. आपकी राशि और वार्षिक भविष्यफल 2019

।।श्री गणेशाय नमः।।

अनुक्रमणिका

कैसा रहेगा वर्ष 2019

अंग्रेजी कैलेण्डर के अनुसार एक जनवरी, 2019 से प्रारंभ हो रहे वर्ष को देखा जाए तो स्पष्ट होता है कि आने वाला वर्ष भारत के लिए शुभ रहेगा और भाग्य का साथ मिलेगा लेकिन अगर भारतीय संवत 2076, जो अप्रैल माह में प्रारंभ होता है को देखें तो आने वाला वर्ष सामान्य रहेगा। राजनीति में भारी उठा-पटक और उथल-पुथल रहेगी तो न्यायपालिका का बोलबाला पूरे वर्ष बना रहेगा। आर्थिक व व्यावसायिक गतिविधियों में भी भारी उथल-पुथल रहने के साथ ही आर्थिक स्थिति में सुधार होता नजर आएगा तो सरकारी खजाने में अप्रत्याशित वृद्धि होगी। प्राकृतिक आपदाएं और दुर्घटनाओं में वृद्धि होगी। कहीं अतिवृष्टि तो कहीं कमजोर बरसात रहेगी। विदेशों से इन्वेस्टमेंट के रूप में भी भारत में पैसा आएगा तो कालाधन लाने की मुहिम जो पिछले पांच सालों से सुस्त पड़ी थी उसमें तेजी आने और कालाधन भारत लाने के गंभीर प्रयास प्रारंभ होने के संकेत भी मिल रहे हैं। संवत 2076 के राजा इस बार न्याय के कारक शनि बने हैं तो मंत्री पद शनि के पिता और शत्रु सूर्य के पास आया है। ग्रहों की मंत्रीपरिषद में शनि राजा, सूर्य मंत्री के अलावा इस बार सस्येशो मंगल है तो धान्येश चन्द्र, मेघेषो शनि, रसेशो गुरु, नीरशेलो मंगल, फलेशो शनि, धनेशो मंगल और दुर्गेशो शनि बने हैं। कहा भी गया है :-

छयंतर वर्षा विषम हो, वर्षे झीणा नीर।
कहींक वर्षा प्रलय सम कहींक छूटे वीर।
शनि राजा इण वर्ष में मंत्रि वासरनाथ।
देश-विदेशा जग भ्रमे जनता खप्पर हाथ।
संवत वासो रजकघर मेघाधिप शनि जाण।
फलपति अरू दुर्गेश से करसा होसी हाण।
टीडी मुषा कातरा करै उपद्रव जोर।
चौपाया में रोग हो जग में मांचे शोर।।

यानी मेघेषो शनि होने के कारण कहीं कहीं तो अतिवृष्टि होगी तो कहीं छिटपुट बरसात। शनि के राजा व सूर्य के मंत्री होने के कारण जनता के हाथ में खप्पर ही रहने वाला है यानी महंगाई से परेशान आमजन को महंगाई से राहत मिलने की आशा नहीं है। इस कारण किसानों को फसलों की हानि के रूप में नुकसान उठाना पड़ेगा तो इस बार टिड्डी दल, चूहों आदि द्वारा भी फसलों को नुकसान पहुंचाने की आशंका बनी है। फिर शनि राजा होने के साथ मेघेषो, फलेशो और दुर्गेशो भी बने हैं तो मंगल धान्येश, नीरशेलो और धनेशो है। शनि और मंगल के पास अधिकांश विभाग इस संवत के मंत्रिमंडल में आए हैं। यानि आकाशीय ग्रहों की मंत्री परिषद में शनि और मंगल का सर्वाधिक बोलबाला रहने वाला है। मंगल जहां अनुसंधान और मेडिकल क्षेत्र

में भारत को नई उपलब्धियों से नवाजेगा तो शनि न्यायपालिका के वर्चस्व को और अधिक मजबूत बनाएगा। जिन मुद्दों पर राजनीतिक दलों में मतभेद होंगे, उन पर न्यायपालिका का फैसला सर्वोपरि होगा। न्यायालयों में बकाया पड़े मुकदमें इस वर्ष अधिकाधिक निपटाने के प्रयास होंगे। न्यायियक प्रणाली में आमूल-चूल परिवर्तन के लिए भी पहल हो सकती है। फिर नए संवत 2076 की जो कुंडली है उसमें लग्न कर्क है और लग्नेश चन्द्रमा भाग्य भाव में मीन राशि में स्थित है। यह स्थिति बताती है कि देश की सीमाएं शत्रुओं से पूर्णत सुरक्षित रहेंगी। सुरक्षा व्यवस्था मजबूत रहेगी फिर भाग्य भाव में चन्द्र के साथ धनेश सूर्य की युति भी हो रही है, साथ ही धन भाव पर बुध-शुक्र की दृष्टि रहने से सरकारी खजाना भरा रहेगा, विदेशों से इन्वेस्टमेंट के रूप में पैसा आएगा। कालाधन लाने की पिछले सालों से बातें तो खूब हुई लेकिन इस दिशा में कोई ठोस पहल अब तक नहीं हो पायी है, आने वाले वर्ष में इस बारे में कोई बड़ी पहल हो सकती है। देवगुरु बृहस्पति भूमि कारक मंगल की राशि में विराजमान रहेंगे इस कारण जमीन एवं रियल एस्टेट में पिछले लंबे समय से चल रही मंदी की मार खत्म होने और तेजी आने के आसार बने हैं। लेकिन भाग्येश देवगुरु बृहस्पति का अशुभ षष्ठम भाव में स्थित होना एवं इसी भाव में केतु की युति होने से बनने वाले चाण्डाल योग के कारण पड़ौसी शत्रु राष्ट्र पाकिस्तान से झड़पें होंगी तथा वहां से आतंकी भी भेज कर भारत में अस्थिरता के प्रयास करेंगे लेकिन इसी भाव में स्थित शनि

इन पर अंकुश भी लगाए रखेगा। आतंकी हतोत्साहित होंगे और उन पर सेना प्रभावी कार्यवाही करेगी। शनि की यह स्थिति आतंकियों व पाक को समय-समय पर करारा जबाव भी देंगी। पाक के अलावा अन्य देशों से संबंधों में और अधिक सुधार आएगा व भारत एक मजबूत राष्ट्र की छवि बनाएगा।

अष्टम भाव में ही बुध-शुक्र की युति हो रही है जो अनुसंधान व संचार के क्षेत्र में नए कीर्तिमान स्थापित होने के संकेत दे रही है। पंचमेश मंगल 11th भाव में स्थित होकर पूर्ण दृष्टि से पंचम भाव को देख रहे हैं जो कि शुभ संकेत है इससे उच्च स्तर का प्रशासन चुस्त-दुरूस्त बनेगा और मेडिकल क्षेत्र में रिसर्च से असाध्य रोगों के उपचार के रास्ते बनेंगे। राहु 12th भाव में उच्च के होकर स्थित होने से आने वाले वर्ष में विश्व में भारत का परचम फेहाराएगा, भारत का दबदबा बना रहेगा और विदेशों में साख भी बढ़ेगी। भारत के पराक्रम में वृद्धि राहु की इस स्थिति के कारण तो होगी ही साथ ही इस संवत की मंत्रीपरिषद में शनि-मंगल का अधिक बोलबाला रहने के कारण मंगल भी भारत के पराक्रम में वृद्धि में सहायक बनेगा। पेट्रोल आदि के लिए कई देशों से समझौते हो सकते हैं, जिससे पेट्रोल की पर्याप्त आपूर्ति बनी रहे, लेकिन इसके साथ ही पेट्रोल के भावों में कमी होने के कोई आसार नजर नही आते। महंगाई तो बढ़ेगी ही साथ ही पेट्रोल-डीजल के दामों में भी वृद्धि होगी और इस कारण ही महंगाई का असर आमजन पर

दोहरा पड़ेगा। अप्रैल-मई में होने वाले चुनावों में भारी राजनीतिक उठा-पटक के संकेत मिल रहे हैं।

एक मई, 19 से 18 सितम्बर, 2019 तक शनि वक्री रहेंगे और इस कारण राजनीति में उलटफेर की स्थिति बन रही है। मोदी सरकार रहेगी या जाएगी? इस बारे में उत्सुकता सभी की है लेकिन ग्रहों की स्थिति किसी भी एक पार्टी के जीतने जैसी नहीं लगती। भाजपा अन्य दलों के मुकाबले अच्छी व मजबूत स्थिति में रहेगी लेकिन साथ ही वर्तमान में सत्तारूढ़ भाजपा की मोदी सरकार का वर्चस्व कमजोर भी हो सकता है। लेकिन विपक्ष की एकता की कोशिशों को भी झटका लग लगता है, तो भाजपा की राह आसान बन जाएगी। विपक्ष एक होकर चुनाव लड़ने के भरसक प्रयास करेगा लेकिन यदि इनमें एकता नहीं होती है तो इसका लाभ निश्चित रूप से भाजपा को मिलेगा। विपक्ष के नेताओं के अहम और राजनीतिक नफा-नुकसान की गणित के चलते तालमेल हो पाना सहज नहीं है। बंगाल में ममता, उत्तरप्रदेश में मायावती और अखिलेश, बिहार में लालू यादव के पुत्रों व नीतिश कुमार, महाराष्ट्र में शरद पंवार और उद्धव ठाकरे कांग्रेस के राहुल गांधी को नेता मानकर उनके झंडे तले आ जाएं यह तो संभव नहीं लगता। वैसे ही कांग्रेस किसी क्षेत्रीय दल के अधीन रहकर गठबंधन में अपनी स्थिति को स्वीकार नहीं कर पाएगी। इन्हीं कारणों से विपक्ष की एकता के प्रयासों को ऐन वक्त पर झटका भी लग सकता है। ऐसा होना सत्तारूढ़ भाजपा के लिए फायदे की बात होगी।

भाजपा का जन्म 6 अप्रैल, 1980 को हुआ था जिसके अनुसार मिथुन लग्न व वृश्चिक राशि बनती है और अक्टूबर, 2012 से भाजपा को सूर्य की महादशा प्रारंभ हुई इस कारण छह साल उसने केन्द्र व राज्यों में सफलता अर्जित की लेकिन अक्टूबर, 2017 से भाजपा को शुक्र की महादशा प्रारंभ हुई है जो उतनी शुभ नहीं है। लेकिन भाजपा की नैया के खेवनहार प्रधानमंत्री नरेन्द्र मोदी की कुंडली के योग चन्द्र की महादशा व केतु की अंतरदशा के कारण शुभ हैं और इसका फायदा भाजपा को होगा। इसी कारण अगर भाजपा पूर्ण बहुमत नहीं भी लाती है तो सबसे बड़े दल के रूप में बनी रहकर सत्ता पर अपना कब्जा बरकरार रख सकती है। जनता को महंगाई की मार से निजात मिलने की संभावनाएं आने वाले वर्ष में भी नहीं के बराबर ही हैं। साथ ही आने वाले वर्ष में लूटपाट, हत्याएं, दुष्कर्म और बलात्कार जैसी घटनाओं में चिंताजनक वृद्धि के अशुभ संकेत भी हैं। शनि के वक्री काल में फिर कई बाबाओं या धार्मिक लोगों को जेल की हवा खानी पड़ सकती है, कई बाबाओं के नए-नए भंड़ाफोड़ होंगे तो शनि के वक्री रहने के दौरान इस अवधि में रेल, बस दुघर्टनाओं, आगजनी की घटनाओं की भी आशंका बनी रहेगी। इस वर्ष के मेघेशो यानी वर्षा के स्वामी भी संवत के राजा शनि ही हैं इस कारण देश के कई हिस्सों में अतिवृष्टि से जन-धन हानि की आशंका है तो कई राज्यों में सामान्य या इससे कम वर्षा होने की स्थिति रहेगी।

मिथुन राशि की चारित्रिक विशेषताएं

मिथुन राशि पश्चिम दिशा की स्वामी, वायुतत्व, हरितवर्ण वाली, पुरुष राशि संज्ञक, द्विस्वभाव, दिग्बली, मध्य संतति और शिथिल शरीर, प्राकृतिक स्वभाव, विद्याध्ययनी और शिल्पी, कल्पनाशक्ति की प्रखरता, मानव शरीर पर हाथ, कंधों, बांहों पर इसका आधिपत्य विद्यमान रहता है। बुध को बुद्धि का अधिपत्य प्राप्त है। इस कारण इस राशि से जुड़े जातक अधिवक्ता, कवि, विचारक, श्रेष्ठ रचनाओं के रचनाकार देखे जा सकते है।

मिथुन राशि में जन्मे जातक सरल, सौम्य, सात्विक विचारधारा, मिलनसार, हँसमुख, विनोदप्रिय, मृदु एवं मधुरभाषी, अल्पक्रोधी, पराक्रमी, क्षमाशील, दयालु, कृपालु एवं प्रेरणादायक व्यक्तित्व के धनी होते है। इस राशि वाले जातक येन-केन-प्रकारेण अपने लक्ष्य को पाने के लिए सफल प्रयास करते हैं, परेशानियां व बाधाएं आपका मार्ग प्रशस्त करती हैं, आप अपना मूल्यांकन स्वयं कर सकते हैं। आपमें स्वाभिमान का भाव अधिकाधिक विद्यमान रहता है तथा भौतिक सुख-साधनों एवं धन-ऐश्वर्य से सम्पन्नता रहती है। अपनी योग्यता, कार्यक्षमता, बौद्धिक क्षमता पर पूर्ण भरोसा होता है इसलिए किसी की सलाह आपको मान्य नहीं होती। बुद्धिमान, मेधावी, कुशाग्र बुद्धि, तार्किक बुद्धि, क्लिष्ट से क्लिष्ट विषय को शीघ्रता से हल करने वाले प्रबंधकीय कार्यों में निपुण, कोमल हृदय,

उदारमना, सरल एवं सौम्य, ऊर्जावान, गतिशील एवं क्रियाशील, कल्पना शक्ति की प्रखरता स्पष्ट तौर पर देखी जा सकती है।

मिथुन राशि का स्वामी बुध है, सूर्य और शुक्र आपके निकटतम मित्र माने गए हैं। मिथुन राशि वाले व्यक्ति बहुत ही मधुरतम-मधुर बातें करने वाले, स्वयं खुश रहकर दूसरों को खुश रखने वाला, दूसरों पर अपने विचार थोपने वाला नहीं होता है। द्वि-स्वभाव राशि होने के कारण आप प्रत्येक वस्तु अथवा प्रत्येक बात के दोनों पहलुओं पर भली प्रकार विचार कर ही कदम उठाते हैं। आपको क्रोध कम ही आता है अथवा क्रोध आने पर शीघ्र शांत होकर पश्चाताप भी कर लेते हैं। आपको शांत एवं गम्भीर भी कहा जा सकता है। व्यावसायिक एवं व्यापारिक समझ भी गहरी होती है।

प्रबंधकीय कार्यों में इतने निपुण होते हैं कि अन्यान्य लोग आपसे इर्ष्या रखत हैं। आपमें अनेकानेक गुणों एवं विशेषताओं का समावेश होने के कारण आपको एकाएक प्रभावित करना मुश्किल ही नहीं नामुमकिन है। आपको चाहे कोई कितनी भी सलाह क्यों न दे दें परन्तु आप वहीं करेंगे जो आपके मन में है।

एक लक्ष्य को निर्धारित कर उसे पाने के लिए पूरे प्रण से लग जाते हैं, एकनिष्ठ होकर सतत् क्रियाशील रहते हैं। आप अपनी भावुकता और उतावलेपन पर रोक लगाएं, इससे होने वाले अनिष्ट से आप बच सकते हैं। संयमित जीवन जिएं तथा दूसरों की सलाह भी मानें। नई-नई, आधी-अधूरी योजनाएं आपके

व्यक्तित्व को कुंठित कर देती हैं। आप द्वारा बनाई गई कार्य योजना अधिकतर सफल ही होती है। कल्पना शक्ति की प्रखरता के कारण आप व्यापार-व्यवसाय की योजनाएं बहुत अच्छे ढंग से बना सकते हैं। आपके मन की थाह पाना बहुत कठिन है। आत्मलोचन करने की गहरी सूझ-बूझ एवं कार्यारंभ से पूर्व ही उसका पक्ष-विपक्ष, जीत-हार, जय-पराजय, यश-अपयश के बारे में भली प्रकार सोच-समझ लेते हैं। अनोखी सूझ-बूझ के धनी, आपका मस्तिष्क कभी खोखला या निष्क्रिय नहीं रह सकता है। हर समय नवीन से नवीनतम वस्तुओं का सृजन करते रहते है। सदैव जीवन को चुनौती दिए रहते हैं, हिम्मत के बल पर पहाड़ को भी ठोकर मारते हैं, टकरा जाते हैं उससे।

आप धोखा, फरेब, बेईमानी, मक्कारी, चुगलखोरी, हेराफेरी, अविश्वास आदि को कभी सहन नहीं कर सकते। थोड़ी-सी गलती से आप बौखला जाते हैं, आप जो भी योजनाएं बनाएं, उन्हें अधूरा न छोड़ें, अंत तक उन्हें निभाएं। इस राशि वाले जातक उतावलेपन व जल्दबाजी पर नियंत्रण कर लें तो जीवन स्वर्ग समान होता है। योग सिद्धि, साधना, चिन्तन, मनन ही आपका उद्देश्य है न तो स्वयं किसी के बंधन में रहते हैं और ना ही किसी को बंधन में देखना पसंद करते हैं।

विनम्रता, दया, घमण्ड रहित, ऊपर उठने की लालसा जैसे अन्यान्य गुणों के आप सागर हैं। ईश्वरीय आस्था एवं धार्मिक

कार्यों में आपका नजरिया अन्य लोगों से सदैव भिन्न रहता है, लेकिन आपको नास्तिक नहीं कहा जा सकता। आवश्यकता पड़ने पर जहां सलाह देते हैं वहीं उचित सलाह लेने में हिचकिचाते भी नहीं हैं। आप यकायक किसी पर एकदम से विश्वास न करें, चाहे वह कितना भी नजदीकी व्यक्ति क्यों न हो। संभव है वह स्वार्थवश आपसे संबंध जोड़ रहा हो। परोपकार और दयालुता को आप संयमित रखें, भावुकता में आप गोपनीय बातों को प्रकट नही करें। प्रेम-प्रसंगों में भी आप सावधान रहें। धोखेबाजी से सदैव परे रहने के कारण व्यापार-व्यवसाय, नौकरी, कारोबार, ऑफिस सर्वत्र अपनी ईमानदारी की धाक जमाए रखते हैं।

मिथुन राशि वाले जातक किसी कार्य का आगा-पीछा सोचे बगैर ''शुभम्-शीघ्रम्'' की तर्ज पर शीघ्र कार्य आरम्भ कर देना आपकी कमजोरी भी कही जा सकती है। थोड़ी सी रुकावट आने पर तथा कार्य बाधा आने पर वह कार्य छोड़कर दूसरा कार्य आरंभ कर देते हैं यह कदापि उचित नहीं।

मिथुन राशि वाले जातकों के लिए रत्न, व्रत एवं उपासना

रत्न – पन्ना (कम से कम पांच रत्ती), आनेक्स (कम से कम छः रत्ती)

व्रत – बुधवार का व्रत।

उपासना - गणेश उपासना, गणपति अथर्वशीर्ष का पाठ करना/करवाना, गणेश मंत्र ''ऊँ गं गणपतये नमः'' का जाप, गणेश प्रतिमा पर लाल पुष्प, इत्र-दूर्वा तथा मोदक का भोग लगाना श्रेयकर रहता है।

मिथुन राशि और नक्षत्रानुसार अक्षर ज्ञान

मृगशिरा नक्षत्र	**आर्द्रा नक्षत्र**	**पुनर्वसु नक्षत्र**
क, की,	कू, घ, ड, छ	अ

जैसा कि सर्वविदित है कि तीन नक्षत्र मिलकर एक राशि का निर्माण करते हैं, मिथुन राशि भी मृगशिरा के दो चरण, आर्द्रा के चार चरण, पुनर्वसु के तीन चरण से मिलकर बनी है, आइए देखे मिथुन राशि के जातक अलग-अलग नक्षत्रों में पैदा होने पर किस प्रकार की चारित्रिक विशेषताएं लिए रहते हैं।

मिथुन, मृगशिरा नक्षत्र में पैदा हुए जातक

मृगशिरा नक्षत्र में जन्मे मिथुन राशि के जातक भ्रमणशील, धार्मिक यात्राओं के शौकीन, बलिष्ठदेही, धनाढ्य, सुन्दर, साहसी, शांत, विवेकी, भूमि-भवन, वाहन से परिपूर्ण, अधिक मित्र रखने वाले, भाई-बहिनों से परिपूर्ण, विद्वान, गतिशील, क्रियाशील, उत्साही, पराक्रमी एवं उद्वेगी होते हैं। मृगशिरा नक्षत्र का स्वामी मंगल ग्रह है

अतः यह नक्षत्र कितना भी सौम्य मन वाला हो, परन्तु मंगल की भांति अल्प आक्रोशी तथा कामातुर भी होता है। मंगल चोट देने वाला ग्रह है। अतः मंगल के नक्षत्र में चन्द्र रूपी शरीर को रोग व चोट पहुंचा सकता है।

मिथुन एवं आर्द्रा नक्षत्र में पैदा हुए जातक

मिथुन राशि का जातक विशेषकर आर्द्रा नक्षत्र में जन्म लेने वाला जातक अधिक बली होता है। अभिमानी, दूसरों के स्वार्थ को नष्ट करने वाला, शत्रुनाशक परन्तु दुःख एवं पीड़ा पहुंचाने वाला, पापी, धन-मानहीन, चंचल चित्तवृत्तियुक्त, शुद्र विचार रखने वाला तथा घृणित कार्यों में लिप्त रहने वाला, सतत् क्रियाशील, धार्मिक कार्यों, सार्वजनिक कार्यों तथा सामाजिक कार्यों में बढ़-चढ़कर हिस्सा लेने वाले होते है। आर्द्रा नक्षत्र के स्वामी राहु को माना गया है। इसी कारण इनका नाम रौद्र भी है। रौद्र का अर्थ है रुद्र से यानि रुलाने वाले से संबंध रखने वाला। अतः इस नक्षत्र में जन्मे मिथुन राशि के जातक अपने कृत्यों से दूसरों को परेशान करने वाले निर्धन, चंचल, बली तथा शूद्र क्रिया करने वाले होते हैं। प्रायः सभी धन योग चन्द्रमा की उत्कृष्टता से बनते हैं। अतः जब चन्द्रमा-राहु के नक्षत्र द्वारा पीड़ित होगा तो धन की कमी आ जाएगी क्योंकि राहु न केवल चन्द्रमा के शत्रु है बल्कि उसे ग्रसित करने वाले भी है। राहु छाया ग्रह होने से कमी और अभाव का सूचक है।

मिथुन एवं पुनर्वसु नक्षत्र में पैदा जातक

पुनर्वसु नक्षत्र में जन्म लेने वाले जातक व्यवहार कुशल, सरल-सौम्य, साहित्य प्रेमी, विद्वान, कोमल ह्रदय, सात्विक विचारधारा के धनी, मानवीय गुणों से ओत-प्रोत होते है। इसलिए आले दर्जे के विद्वान भी उतना ही कामातुर रहते है। पुनर्वसु नक्षत्र का स्वामी गुरु है अतः देवगुरु बृहस्पति के समस्त गुण इस नक्षत्र में जन्म लेने वाले जातक में अवश्य ही विद्यमान रहते हैं। ऐसे जातक धन, बल से युक्त विख्यात कवि, साहित्य सर्जन करने वाले, नामधारी, जितेन्द्रिय सुख, ऐश्वर्य सम्पन्न जीवन जीने वाले, विनम्र, सुशील, उदर पीड़ा से रोगी, जल का अधिक सेवन करने वाले, संतोषी, काव्यप्रेमी, धार्मिक कार्यों में रुचि रखने वाले, स्वकार्य में दक्ष, मातृ-पितृ भक्त तथा परदेश गमन करने वाले होते हैं।

मिथुन राशि का जनवरी का साप्ताहिक राशिफल

01 जनवरी से 07 जनवरी

इस सप्ताह स्वास्थ्य पक्ष में सुधार होगा। आत्मविश्वास में वृद्धि होगी। मन में पॉजीटिव विचार बने रहेंगे। खर्चों में कमी आएगी। 2-3 जनवरी को फैमिली एण्ड फ्रेंड्स के साथ संबंध बेहतर होंगे। 10th हाऊस में स्थित मंगल से कुलदीपक नामक राजयोग घटित होने से आपके लिए फाइनेंशियल प्लानिंग के लिए यह समय उत्तम है। शुक्र ग्रह से संबंधित व्यवसाय कर रहे व्यक्तियों को व्यवसाय में नए चैलेंज प्राप्त होंगे जिससे आपके उपर प्रेशर बना रहेगा। 4-5 जनवरी को यदि आपका रुका हुआ धन थोड़े ही प्रयासों से प्राप्त हो जाएगा। आकस्मिक धन लाभ के योग बनेंगे। विद्यार्थियों को पढ़ाई में थोड़ी-सी लापरवाही से अनके रुकावटों का सामना करना पड़ सकता है। 6th हाऊस में स्थित गुरु पर राहु की दृष्टि से निर्मित चाण्डाल दोष से इन दिनों आप किसी व्यक्ति को उधार पैसा ना दें अन्यथा उधार देना परेशानी का कारण बन सकता है, वाणी पर संयम रखें। लम्बे समय से चले आ रहे प्रेम-संबंधों को सबके सामने लाने और इसे विवाह में बदलने के लिए समय अनुकूल है। पति-पत्नी को एक-दूसरे की खुशी के लिए समझौता

करना पड़ सकता है। गाड़ी इत्यादि संभलकर चलाए, चोट लगने की संभावना है।

08 जनवरी से 15 जनवरी

आपकी राशि से 7th हाऊस में सूर्य-शनि की युति होने से इस सप्ताह जीवनसाथी के साथ मतभेद हो सकते है। आपकी किसी लापरवाही या गलती की वजह से परिवार में अशांति बढ़ सकती है। घर के बड़े-बुजुर्गों के स्वास्थ्य पर ध्यान दें एवं स्वयं के स्वास्थ्य पर भी ध्यान देने की जरूरत है। सप्ताह के मध्य में स्थान परिवर्तन होने की संभावना है। अत्यधिक खर्च से मानसिक अशांति बनी रहेगी। मंगल ग्रह से संबंधित व्यापार एवं व्यवसाय से जुड़े लोगों को आसानी से पर्याप्त आमदनी होती रहेगी। 12-13 जनवरी को आपको बिजनस से संबंधित यात्राएं करनी पड़ सकती है। भूमि-भवन की खरीद के लिए यह समय अच्छा बना है। विरोधी पक्ष आपको परेशान कर सकते है। 14-15 जनवरी को आपके व्यवहार में गुस्सा एवं चिड़चिड़ापन अधिक रहेगा जिसकी वजह से आपके वैवाहिक जीवन में कुछ खट्ठा कुछ मीठा अनुभव होगा। विद्यार्थियों को बहुत अधिक मेहनत करनी की जरूरत है। अवसर और विरोध एक साथ आपके जीवन में प्रवेश करेंगे, जिससे आप कन्फ्यूज होकर निर्णय लेने में असक्षम रहेंगे।

16 जनवरी से 23 जनवरी

अचानक लाभ के साथ पुरानी चिंताओं से मुक्ति मिलेगी। परिवार के साथ घूमने-फिरने बाहर जा सकते है। 5th हाऊस के लॉर्ड शुक्र का राशि से 6th हाऊस में भ्रमण होने से प्यार के इजहार में जल्दबाजी ना करें, हो सकता है कि जिन भावनाओं को आप प्यार समझ रहे है, वे मात्र आकर्षण हो। आर्थिक स्थिति अच्छी रहेगी। 18-19 जनवरी को आप महत्वपूर्ण निर्णय ना लें और ना ही बिजनस में नई परियोजना को शुरू करें, नुकसान होने की संभावना बनी रहेगी। पुराना वाहन बेचकर नया वाहन खरीद सकते है। संतान पक्ष के लिए यह समय उत्तम बना है। विद्यार्थियों को प्रतियोगिता परीक्षाओं में सफलता प्राप्त होगी। प्राइवेट क्षेत्र में नौकरी कर रहे जातकों को पूर्ण परिश्रम किए गए कार्य का लाभ प्राप्त होगा। भौतिक सुख-शांति में वृद्धि होगी। सप्ताह के अंत में पारिवारिक एवं दाम्पत्य जीवन में सुख-शांति की कमी हो सकती है। 22-23 जनवरी को जिन व्यक्तियों के लम्बे समय से सरकारी कार्य रुके हुए थे उनके कार्य पूरे होने की संभावना है। साथ ही कोर्ट-कचहरी के मामलें आपके पक्ष में हो सकते है।

24 जनवरी से 31 जनवरी

सप्ताह के शुरूआत में ही आपकी रूचि एक से अधिक कार्यों में हो सकती हैं। सूर्य पर राहु की दृष्टि होने से ग्रहण दोष घटित हो

रहा है जिससे नौकरी कर रहे व्यक्तियों को बातचीत के दौरान शब्दों पर ध्यान देने की आवश्यकता रहेगी। विशेषकर जब आप अपने सीनियर्स एवं पार्टनर से बात कर रहे हो। 26-27 जनवरी को आपकी मेहनत एवं परिश्रम से बेहतरीन परिणाम प्राप्त होंगे। इनकम सोर्सेस का विस्तार होगा। आग और बिजली से भय हो सकता है। जिन चीजों को आप बदल नहीं सकते उनके साथ समझौता करने में ही बुद्धिमानी है। स्वास्थ्य पक्ष में सुधार होगा। 28-29 जनवरी को जीवनसाथी के साथ नोक-झोंक भी हो सकती है। समझदारीपूर्वक एवं धैर्य से लिए गए निर्णय आपको बिजनस में अपार मुनाफा एवं सफलता प्राप्त करवाएगी। बच्चे इन दिनों थोड़े-से शरारती रह सकते है लेकिन इसका असर पढ़ाई पर नहीं होगा। आपके बच्चों की सफलता से आपका चेहरा खिल उठेगा। सप्ताह के अंत में आप परिवार के साथ कहीं घूमने भी जा सकते है। जिससे आपको अपनी जीवन साथी के साथ रोमांटिक पल बिताने का वक्त मिलेगा और आप उनके साथ काफी वक्त बिताएंगे। यदि आप अकेले है तो किसी के साथ नई जिन्दगी शुरू कर सकते है।

मिथुन राशि का फरवरी माह का साप्ताहिक राशिफल

01 फरवरी से 07 फरवरी

सेहत का ख्याल रखना होगा और खान-पान पर विशेष ध्यान देना होगा। 3-4 फरवरी को जीवनसाथी के साथ नोक-झोंक भी हो सकती है जिससे इस समयावधि में आपको निजी एवं पेशेवर जिन्दगी में तालमेल बिठाकर चलना होगा। आय के कुछ नए रास्ते खुलेंगे लेकिन आपको व्यर्थ के खर्च पर लगाम लगाने की जरूरत है। मंगल ग्रह का अपनी स्व मेष राशि में विचरण होने से ऑफिस में आप द्वारा किए गए कार्य की तारीफ होगी और सम्मान के तौर पर आपको प्रमोशन भी प्राप्त हो सकता है। लक्ष्य को प्राप्त करने के लिए कई सुनहरे अवसर प्राप्त होंगे। इन दिनों सफलता आपके कदम चूमेगी। 6-7 फरवरी को बिजनस पार्टनर के साथ अनबन हो सकती है लेकिन जल्द ही आप मामला सुलझा लेंगे। यदि आप अपने कारोबार को बढ़ाना चाहते है तो समय अच्छा है। राजनीति से जुड़े व्यक्तियों के लिए समय अच्छा बना है।

08 फरवरी से 15 फरवरी

जीवनसाथी के साथ संबंध में मधुरता बनी रहेगी। आप अपने लाइफ पार्टनर को महंगा गिफ्ट भी दे सकते है और उन्हें रोमांटिक जगह पर

घूमाने ले जा सकते है। यदि आप प्यार के बंधन को शादी में बांधना चाहते है तो इसके लिए समय अनुकूल बना है। हालांकि शादी से पहले कुण्डली मिलान करना ना भूलें। 11-12 फरवरी को आपकी माताजी के स्वास्थ्य खराब रह सकता है। इस वजह से आप अपने कार्यस्थल पर मन लगाकर कार्य नहीं कर पाएंगे भाईयों के साथ संबंध अच्छे बने रहेंगे। माता-पिता का सहयोग प्राप्त होगा। वहीं दूसरी तरफ आपकी सामाजिक कार्य में रूचि बढ़ेगी और समाज में आपकी इज्जत बढ़ेगी। खर्चों में कटौती करना आपके लिए अच्छा रहेगा। अगर आप इस समय पैसा बचाने में सफल होते है तो आपकी आज की बचत भविष्य में बहुत काम आएगी। 14-15 फरवरी को अपने परिवार के सदस्यों के साथ किसी गंभीर विषय में चर्चा करने से बचे। इससे घर में नकारात्मक वातावरण उत्पन्न हो सकता है। कार्यक्षेत्र में भी विपरित परिस्थितियों का सामना करना पड़ेगा।

16 फरवरी से 23 फरवरी

सप्ताह के शुरूआत में ही आपको स्त्रियों से दूरी बनाए रखने की सलाह दूंगा अन्यथा आप किसी स्कैंडल में फंस सकते है। भाग्य के भरोसे ना बैठे बल्कि अपने कार्य करने की गति को दुगना करना आपके लिए अच्छा रहेगा। 17-18 फरवरी को आपकी मेहनत के अनुसार अच्छे परिणाम प्राप्त होंगे। मंगल ग्रह से संबंधित व्यवसाय करने वालों के लिए यह समय अच्छा है तो नौकरी करने वालों

के लिए संयम बरतने की जरूरत है। प्रेम-प्रसंगों में अस्थिरता बनी रहेगी। पारिवारिक परेशानियां समाप्त करने के लिए आपके बच्चों की महत्वपूर्ण भूमिका रहेगी। आत्मविश्वास में वृद्धि होगी, बातचीत के दौरान अपनी वाणी पर संयम रखें अन्यथा आपके किसी घनिष्ठ मित्र के साथ लड़ाई-झगड़ा हो सकता है। 23-24 फरवरी को परिवार के साथ शॉपिंग में व्यस्त रहेंगे। राजनीति करने वाले जातकों के लिए यह समय सामान्य रहेगा। व्यापार में बड़े निवेश करने से बचे। जमीन की खरीददारी इन दिनों बिल्कुल ना करें, कर्ज लेने से बचे। इन दिनों यात्रा के दौरान आपके समान गुम हो जाने की संभावना बनी रहेगी। आपकी सतर्कता ही आपकी समझदारी है।

24 फरवरी से 28 फरवरी

सप्ताह के शुरूआत में अगर आप नई नौकरी की तलाश कर रहे है या फिर ट्रांसफर के बारे में सोच रहे है तो उसके लिए समय अनुकूल बना है। करियर के मामले में कुछ महत्वपूर्ण बदलाव होंगे और आपकी सैलेरी में वृद्धि होगी। आप अपने बुद्धि-विवेक और उचित फैसले से लाभ कमाएंगे। आपके कार्य कौशल का विकास साफ-साफ नजर आएगा। आप अपनी जिम्मेदारियों को अच्छी तरह से निभाएंगे। बुध ग्रह से संबंधित व्यवसाय कर रहे व्यक्ति इन दिनों अपने ऑफिस में वास्तु उपाय करवाएंगे जिससे

आपके व्यवसाय में वृद्धि एवं बड़े बदलाव होंगे। बड़ा निवेश करने से पहले सोच-समझकर पैसा लगाएं। 5 हाऊस के लॉर्ड शुक्र का 7 हाऊस में विचरण होने से विद्यार्थियों का पढ़ाई-लिखाई में मन लगा रहेगा। जिसके फलस्वरूप आपको बेहतर परिणाम मिलेंगे। इस समय आपको मस्तिष्क शक्ति बढ़ाने के लिए योग करना चाहिए। इन दिनों आप नए हुनर सीखेंगे। इंजीनियरिंग एवं मैनेजमेंट से जुड़े छात्राओं को विशेष सफलता प्राप्त होगी।

मिथुन राशि का मार्च माह का साप्ताहिक राशिफल

01 मार्च से 07 मार्च

सप्ताह के शुरूआत में महिलाओं का अपने जीवनसाथी या परिजनों के साथ विवाद हो सकता है, विवाद को आगे बढ़ाने से अच्छा है कि बैठकर आपसी बातचीत से समस्या का समाधान निकाला जाए। 3-4 मार्च को घर पर किसी शुभ कार्य का आयोजन होगा और धीरे-धीरे परिवार के लोगों के बीच प्यार-मोहब्बत बढ़ेगी। पैतृक संपत्ति को लेकर चले आ रहे विवाद दूर होंगे। परिवार के साथ फॉरेन घूमने की योजना बना सकते हैं। 5-6 मार्च को स्वास्थ्य के मामले में आपको बहुत ही सतर्क रहने की जरूरत है। गंभीर चोट लगने की संभावना है। यदि आप डायबिटीज के मरीज है तो आपको विशेष ध्यान देने की जरूरत है। इन दिनों की गई व्यवसाय की दृष्टि से छोटी यात्राएं आपको लाभ प्राप्त करवाएगी। ऑफिस में किसी तरह की कंट्रोवर्सी में पड़ने से बचे इससे आपकी छवि खराब हो सकती हैं।

08 मार्च से 15 मार्च

वाणी संयमित रखें, आपकी राशि के स्वामी बुध का नीच राशि में भ्रमण होने से इन दिनों आपके स्वभाव में चिड़चिड़ापन बना

रहेगा, आलस्य की प्रवृत्ति कार्य में रूकावट पैदा करेगी। वहीं प्रेम करने वालों के लिए समय उत्तम बना है। किसी मित्र के सहयोग से आय के स्त्रोत बढ़ेंगे। आपके जीवन साथी सारे मन-मुटाव को भुलाकर प्यार के साथ आपके पास फिर आएगा तो जीवन और भी सुंदर लगेगा। 12-13 मार्च को नौकरी करने वाले अच्छा प्रदर्शन करेंगे जिससे उनको लाभ भी मिलेगा। आपकी राशि के स्वामी बुध आपकी राशि से 10 हाऊस में नीच राशि में स्थित होने से बुध ग्रह से संबंधित नया व्यवसाय करने के बारे में सोच रहे है तो इन दिनों इस विचार को त्यागकर अपने पुराने व्यवसाय पर ध्यान दें। रिश्तेदारों के साथ मैत्री पूर्ण संबंध बने रहेंगे। समय की उपयोगिता को ध्यान में रखकर काम करेंगे तभी आप-अपने मकसद मे कामयाब हो पाएंगे। 14-15 मार्च को शत्रुओं से सावधानी बरतनें की जरूरत है वरना धन हानि हो सकती हैं।

16 मार्च से 23 मार्च

घर-परिवार में खुशियों का माहौल रहेगा। 17-18 मार्च को कोई पुराना सरकारी कार्य अटका होने से किसी बड़े अधिकारी या नेता की सिफारिश लगवानी पड़ सकती हैं। स्वास्थ्य पक्ष अनुकूल बने रहने से मन में जोश एवं उत्साह का संचार होगा। आर्थिक दृष्टि से भी यह समय श्रेष्ठ कहा जा सकता हैं। आप लग्जरी जीवन व्यतीत करेंगे। 19-20 मार्च को महिला वर्ग के लिए भी यह समय

अनुकूल बना हुआ है। इस समय महिलाओं के द्वारा किया गया निवेश आगे चलकर लाभदायी सिद्ध होगा। घर के बड़े-बुजुर्गों के स्वास्थ्य खराब रहने से रिश्तेदारों का आना-जाना बना रहेगा। आपकी लाख कोशिशों के बावजूद आप चैन से नहीं बैठ पाएंगे। 22-23 मार्च को अगर आप प्रतियोगिता परीक्षा की तैयारी में जुटे है तो तैयारी में अनेकानेक परेशानियां आएगी। आपके परिवार के विरूद्ध की गई टिप्पणी को गंभीरता से ना लें। वाणी पर पूर्ण नियंत्रण रखें वरना गाली-गलौच तथा मारपीट तक नौबत आ सकती है।

24 मार्च से 31 मार्च

सप्ताह के आरंभ में खर्च की अधिकता बनी रहेगी, ना चाहते हुए भी पत्नी के कहे अनुसार जरूरी खरीददारी करनी पड़ सकती है। प्रभावशाली व्यक्तियों से संपर्क बढ़ेगा। नौकरी के लिए प्रयासरत बेराजगारों को नौकरी प्राप्त होगी। प्रेम-प्रसंगों में सफलता मिलेगी। 25-26 मार्च को कोर्ट-कचहरी में चल रहे वाद भी सुलझते नजर आएंगे। पॉजीटिव थिंकिंग के साथ आगे बढ़ते रहे सफलता आपके कदम चूमेगी। विवाह योग्य संतानों के लिए अच्छे रिश्तें भी आएंगे। कुण्डली मिल जाने से एवं सगाई की बात आगे बढ़ जाने से परिवार में खुशी का माहौल बना रहेगा। 27-28 मार्च को आपकी राशि से 10th हाऊस में सूर्य का भ्रमण होने से सरकारी

क्षेत्र से जुड़े व्यक्तियों को सरकारी कार्य के लिए दूर स्थान की यात्रा करनी पड़ेगी। इन दिनों आप अपना काम दूसरों के भरोसे ना छोड़े तो ही आपके लिए अच्छा रहेगा। किसी मित्र के साथ विदेश जाने की प्लानिंग करेंगे। फिल्म जगत एवं खेल जगत से जुड़े जातकों को आगे बढ़ने की अपॉर्च्युनिटी प्राप्त होगी एवं विज्ञापनों में नए-नए कॉन्ट्रेक्ट प्राप्त होंगे। 29-30 मार्च को आपकी पत्नी के मायके में अचानक किसी के बीमार हो जाने से आपको पत्नी के साथ ससुराल जाना पड़ सकता है। जिसकी वजह से आपको अपने जरूरी कार्य छोड़ना पड़ेगा।

मिथुन राशि का अप्रैल माह का साप्ताहिक राशिफल

01 अप्रैल से 07 अप्रैल

सप्ताह के शुरूआत में ही लम्बे समय से चली आ रही भाई-बहनों के मध्य गलत-फहमियां दूर होगी। महिलाओं के लिए यह समय लाभप्रद बना है विशेषकर कामकाजी महिलाओं के लिए वेतन वृद्धि एवं रुके हुए एरियर की प्राप्ति होगी। 3-4 अप्रैल को आप घर में कोई धार्मिक आयोजन करवा सकते है। बचते-बचते भी माता-पिता के साथ वाद-विवाद हो सकते है। राशि स्वामी बुध भाग्य भाव में शुक्र के साथ युति होने से लक्ष्मीनारायण योग बना है जिससे यदि आप कमीशन एजेन्ट है या दलाली का कार्य करते है तो इन दिनों अच्छा मुनाफा कमाने में सफल होंगे। 5-6 अप्रैल को स्टूडेंट्स शिक्षा के क्षेत्र में नया कीर्तिमान स्थापित करेंगे। वहीं व्यवसायी व्यवसाय में एक मंजे हुए खिलाड़ी की तरह अपने कार्य को अंजाम देंगे। जल्दबाजी में कोई निर्णय ना लें। पेट से संबंधित बीमारियां हो सकती हैं। अपने खान-पान पर नियंत्रण रखें। माता-पिता तथा संतान को लेकर संतुष्टि प्राप्त होगी।

08 अप्रैल से 15 अप्रैल

आपकी राशि में चल रहे उच्च के राहु सप्ताह के आरंभ में ही कोई आकस्मिक बड़ा धन लाभ प्राप्त करवा सकते हैं जिससे आपका

मन प्रफुल्लित रहेगा। भाग्य इस समय आपका पूर्ण साथ दे रहा है। फालतू बातों को छोड़कर व्यवसाय की ओर ध्यान दें अच्छा मुनाफा बटोरने से कोई नहीं रोक पाएगा। 10-11 अप्रैल को निजी एवं सरकारी क्षेत्र से जुड़े कर्मचारियों के ऑफिस मे माहौल अच्छा बना रहेगा। पूर्व में किए गए निवेश का लाभ प्राप्त होगा। 12-13 अप्रैल को घर-परिवार या बेस्ट फ्रेंड के यहां विवाह समारोह में अचानक पुराने मित्र मिल जाने से यादें पुनः ताजा होंगे। नौकरी के लिए प्रयासरत प्रतियोगिता परीक्षा दे रहे छात्रों के लिए समय अनुकूल है। जो विद्यार्थी विदेश या फिर दूसरे शहर जाकर पढ़ाई करना चाहते है उनके लिए समय श्रेष्ठ है। 14-15 अप्रैल को पत्नी के डिमांड के अनुरूप ज्वैलरी खरीदना सुखद अहसास दिलवाएगा। सुखद समाचार मिलेंगे, साथ ही आप अपने व्यापार को बढ़ाना चाहते है, तो समय आपके साथ खड़ा है।

16 अप्रैल से 23 अप्रैल

सप्ताह के शुरूआत में यात्राएं अधिक रहेगी। इन यात्राओं से आपको लाभ प्राप्ति के साथ आपके उद्देश्य की पूर्ति होगी। सामाजिक दृष्टि से यश, मान-सम्मान एवं प्रतिष्ठा बढ़ेगा। उच्च स्तरीय लोगों से संपर्क बढ़ेगा। 17-18 अप्रैल को आपका स्वास्थ्य पक्ष कमजोर बना रहेगा। जिन जातकों को लम्बे समयावधि से संतान प्राप्ति में दिक्कतें आ रही थी तो यह समय संतान लाभ प्राप्ति के लिए श्रेष्ठ

बना है। घर में शुभ एवं धार्मिक कार्य होंगे। अविवाहित जातक विवाह के बंधन में बंध सकते है। लम्बे समय से वाहन खरीदने का सपना पूरा हो सकता है। इस समयावधि में आप किसी से ऋण ना लें अन्यथा ऋण के साथ-साथ आपसी संबंध भी खराब हो सकते है। सप्ताह के मध्य में आलस्य की प्रवृति बनी रहेगी चाहकर भी आप किसी काम में मन नहीं लगा पाएंगे। मन में टेंशन, डिप्रेशन अधिक रहेगी। 21-22 अप्रैल को आपकी राशि से 10th हाऊस में उच्च के शुक्र से निर्मित मालव्य नामक राजयोग घटित होने से जो व्यक्ति स्वयं का मकान बनाने चाहते है उनके लिए यह समय अनुकूल है। आय के अनेक साधन प्राप्त होंगे, भाग्य कदम-कदम पर साथ देगा। पुराने आधे-अधूरे काम पूरे होंगे।

24 अप्रैल से 30 अप्रैल

सप्ताह के शुरूआत में ही पत्नी के साथ लड़ाई-झगड़ा व्यर्थ के वाद-विवाद के कारण मन खिन्न रहेगा। जिन व्यक्तियों का कोर्ट-कचहरी में केस चल रहा है वो अपने वकील से सलाह लेकर डेट्स को आगे बढ़ा लें। इस समय आप कोई विशेष एवं गंभीर फैसला ना लें अन्यथा आपके द्वारा लिए गए फैसले भविष्य में आपके लिए ही नुकसानदायक रहेंगे। 26-27 अप्रैल को आप पूजा-पाठ में मन लगाएं, दान-पुण्य एवं किसी योग्य पण्डित को बुलाकर हवन इत्यादि कराएं जिससे घर का वातावरण सुखद बना

रहेगा। सप्ताह के मध्य में लक्ष्मीजी एवं सरस्वतीजी दोनों की कृपा बनी रहेगी। शत्रुओं से विजय प्राप्त होगी। पेट संबंधित बीमारियों से आप घिरे रहेंगे। इन दिनों आपके माता-पिता के साथ भी वैचारिक मतभेद रहेंगे। 28-29 अप्रैल को मित्रों का भी पूर्ण सहयोग प्राप्त नहीं हो पाएगा। आप चारों तरफ से अपने आपको अकेला पाएंगे। सप्ताह के अंत में व्यवसाय कर रहे व्यक्तियों को विशेष लाभ की प्राप्त होगा। नई डील प्राप्त होगी, साथ ही व्यवसाय की दृष्टि से यात्राएं संभव है जो कि फलदायक रहेगा।

मिथुन राशि का मई माह का साप्ताहिक राशिफल

01 मई से 07 मई

सप्ताह के शुरूआत में ही आप भोग एवं ऐश्वर्य में डूबे रहेंगे। मनोरंजन के साधन में पैसा खर्च होगा। आपकी बुद्धि-चातुर्यता में वृद्धि होगी। बौद्धिक कार्यों में विजय की प्राप्ति होगी। घर के बड़े-बुजुर्गों के स्वास्थ्य में सुधार होगा। 3-4 मई को पत्नी एवं बच्चों के कहने से आप छुट्टियों में शहर से बाहर घूमने जाएंगे। लेकिन घर की पूर्ण हिफाजत एवं सुरक्षा के पश्चात ही घर से बाहर निकले अन्यथा चोरी का डर रहेगा। सप्ताह के मध्य में आपका ललित कलाओं में रूचि बढ़ेगी। 5-6 मई को आपकी राशि में मंगल-राहु की युति से निर्मित अंगारक दोष घटित होने से आप पर झूठे दोषारोपण लग सकते है। व्यर्थ में ही अपयश का कारण बन सकते है। रात की नींद एवं दिन का चैन हराम हो जाएगा। ऑफिस में आपके सहकर्मी के साथ चल रहे पुराने विवाद के कारण आपसी रंजिश में आपको नौकरी से निकाला भी जा सकता है। संतान की तरफ से शुभ समाचार मिलने की संभावना है। स्टूडेंट्स को टीचर की ओर से फुल गाइडेंस प्राप्त होगा।

08 मई से 15 मई

इस सप्ताह आपकी धार्मिक एवं आध्यात्मिक कार्यों में रूचि बढ़ेगी। आपको लक्ष्य प्राप्त करने के लिए अधिक मेहनत और प्रयास की जरूरत रहेगीा। 9-10 मई को आप अपने काम से बॉस एवं सीनियर्स को प्रसन्न करने में कामयाब रहेंगे। सूर्य का उच्च राशि में भ्रमण होने से ऑफिस में प्रमोशन प्राप्ति की संभावना है। यदि आप पूर्व में नौकरी चेंज नहीं कर पाएं तो एक बार फिर नौकरी बदलने का योग भी बन रहा है। कार्यस्थल पर आपकी मान-मर्यादा बढ़ेगी एवं आपकी गुड़विल में बढ़ोतरी होगी। 11-12 मई को पैसों को लेकर तंगी नहीं रहेगी साथ ही आपने किसी को पैसा दिए है, तो समय पर वापस मिल जाएंगे। विद्यार्थियों को कई चुनौतियों का सामना करना पड़ेगा। जीवनसाथी और परिवार का सहयोग प्राप्त होगा। 13-14 मई को माता-पिता के आशीर्वाद से सफलता के शिखर पर पहुंचेंगे। लव अफेयर्स करने वालों का अपने पार्टनर के साथ विवाद हो सकता है।

16 मई से 23 मई

इस सप्ताह आपके हिसाब से ही आपकी जिन्दगी गुजरने वाली है। कड़ी मेहनत के बदले आपको बेहतर रिजल्ट प्राप्त होंगे। आर्थिक स्थिति अच्छी रहेगी। कार्यस्थल पर आपका कौशल एवं हुनर दोनों देखने को मिलेगा। आपकी आय में वृद्धि होगी। इन

दिनों आपको विदेश यात्रा भी हो सकती है, यात्रा के दौरान आपको कई अपॉर्च्युनिटी प्राप्त होगी। व्यर्थ के खर्च बचाने में आप सफल रहेंगे। जोखिम भरे मामलें में निवेश करने से बचें। 19-20 मई को विद्यार्थियों को शिक्षा में बाधाएं बनी रहेंगी। खेल-कूद के साथ-साथ पढ़ाई के लिए भी अलग से समय निकालें। परिवार के सदस्यों के बीच चली आ रही अनबन खत्म होगी और आपस में प्रेम बढ़ेगा। 22-23 मई को चल रहे उच्च के शुक्र के कारण जीवनसाथी को खुश करने के लिए आप कोई महंगा गिफ्ट भी दे सकते है एवं एक-दूसरे के साथ रोमांटिक पल बिताएंगे। लवर्स के बीच प्यार बढ़ेगा उनके साथ आपको रोमांटिक डेट पर जाने का मौका मिलेगा। इन दिनों आपको जोड़ों में दर्द, अपच एवं सिर दर्द की समस्या रहेंगी। खराब स्वास्थ्य के कारण आपका ऑफिस के कार्य भी प्रभावित रहेंगे। स्वभाव में भी क्रोध बढ़ेगा।

24 मई से 31 मई

सप्ताह के शुरूआत में ऑफिस एवं अन्य जगह लोगों से बातचीत के दौरान एहतियात बरतें, कहासुनी से आपके रिश्तें खराब हो सकते है। 25-26 मई को आपका करियर एक नई ऊँचाइयों को छुएगा। समय का लाभ उठाएं और हाथ में आए अपॉर्च्युनिटी को ना जाने दें। सीनियर्स से तारीफ मिलेगी और वे आपके काम में हेल्प करेंगे। बहुत ही कम समय में हुई आपकी प्रोग्रेस देखकर आपके

सहकर्मी आश्चर्यचकित हो जाएंगे। 27-28 मई को आपको पैसों की कमी नहीं रहेगी। पुराने समय से चल रहे कर्ज को उतारेंगे। फाइनेंशियल मामलों में जीवन साथी का सहयोग आपके लिए किसी वरदान से कम नहीं होगा। पढ़ाई में ध्यान एवं एकाग्रता बनाए रखने के लिए गायत्री मंत्र के जप से आपको मदद मिलेगी। साथ ही प्रतियोगिता परीक्षाओं के नए आवेदन भर सकते है। सफलता प्राप्त होने की पूर्ण संभावना है। 29-30 मई को राशि से 7th हाउस में केतु-शनि की युति से निर्मित श्रापित दोष के कारण जीवनसाथी के साथ बातचीत के दौरान अपने क्रोध पर काबू रखें वाणी पर संयम रखें, वरना पत्नी नाराज हो पीहर जा सकती है।

मिथुन राशि का जून माह का साप्ताहिक राशिफल

01 जून से 07 जून

इस सप्ताह आपके ऑफिस एवं कार्यस्थल पर कुछ चैलेंज बने रहेंगे, इसलिए पहले से तैयार रहे। परिस्थितियां आपके अनुकूल नहीं है, लेकिन आप चाहे तो अपने कैलिबर एवं टैलेंट से परिस्थितियों को अपने पक्ष में ले सकते है। 3-4 जून को आपको पैसा कमाने के लिए अधिक मेहनत करने की आवश्यकता रहेगी और कार्यस्थल पर मेहनत का फल भी प्राप्त होगा। आपकी राशि से 12वें हाउस में चल रहे सूर्य के कारण आपको धन खर्च करने के मामलों में सतर्क रहने की आवश्यकता है। कुछ भी करने से पहले अपने बैंक बैलेंस पर नजर डालें, पर्याप्त धन होने पर ही नया काम शुरू करें। 5-6 जून को जल्दबाजी में आर्थिक डिसीजन ना लें। आर्थिक नुकसान होने की आशंका है। शेयर मार्केट एवं सट्टे बाजार से उचित दूरी बना रखें। 5th हाउस के लॉर्ड शुक्र की अपने हाउस पर पूर्ण दृष्टि होने से विद्यार्थियों के लिए यह सप्ताह किसी तोहफे से कम नहीं हैं, खासकर उन लोगों के लिए जो हायर एज्यूकेशन के लिए फॉरेन जाना चाहता है।

08 जून से 15 जून

इस सप्ताह आपकी जिन्दगी ठीक उसी राह पर चलेगी जिसकी आपने कल्पना की थी। आपके आस-पास का माहौल पॉजीटिव बना रहेगा। भाग्य आपके साथ पूरी तरह से है, आपकी हर ख्वाहिश पूरी होगी। समझदारी पूर्वक लिए गए निर्णय आपको बेहतर परिणाम देंगे। 9-10 जून को आप मौज-मस्ती एवं भोग-विलास में डूबे रहेंगे। धन की आवक अच्छी रहेगी तो खर्च भी अधिक रहेंगे। व्यवसाय में आपके पिता का सहयोग आपके लिए वरदान साबित होगा। आपकी राशि के स्वामी बुध स्वगृही होने से पंचमहापुरुष योग के अंतर्गत भद्र नामक राजयोग घटित हो रहा है जिससे स्टॉक मार्केट में पैसा लगाने के लिए समय अच्छा बना है। इन दिनों आपको नई फिल्में तो प्राप्त होंगी साथ ही अनेक विज्ञापन करने का मौका भी प्राप्त होगा। 11-12 जून को आप वाहन खरीदेंगे, वाहन खरीदने से पूरे परिवार में खुशी का माहौल बना रहेगा। राजनीति व फिल्म इण्डस्ट्री में काम कर रहे जातकों के लिए समय अच्छा बना है। इन दिनों स्टूडेंट्स की याददाश्त और कंसंट्रेशन में कमी रहेगी। 13-14 जून को परिस्थितियां प्रतिकूल रहेंगी।

16 जून से 23 जून

इन दिनों आपको कार्यस्थल पर कूटनीति से कार्य करना होगा। ऑफिस में चल रही राजनीति से दूरी बनाए रखें, क्योंकि आपकी

पीठ पीछे आपके विरूद्ध साजिश रची जा सकती है क्योंकि आपकी राशि में सूर्य-राहु का ग्रहण दोष एवं राहु-मंगल का अंगारक दोष भी घटित हो रहा है। तर्क-वितर्क से बचें एवं सीनियर्स के साथ विवाद होने से आपकी मुश्किलें बढ़ सकती है। 18-19 जून को गुस्से की जगह प्यार से काम लें। वित्तीय मामलों से संबंधित कागजातों एवं दस्तावेजों पर आंख बंदकर के हस्ताक्षर ना करें और जरूरी पेपर्स संभालकर रखें, क्योंकि इस समय आपका कोई करीबी ही आपको धोखा दे सकता है। फाइनेंशियल मामलों में ऐहतियात बरतने की आवश्यकता है। 20-21 जून को फाइनेंशियल प्लानिंग एवं मैनेजमेंट के साथ बिजनस करेंगे तो अवश्य ही लाभ प्राप्त होगा। कोई बड़ा निवेश करने से पहले अनुभवी लोगों की सलाह लें और सोच-समझकर पैसा लगाएं। आपकी गोचर ग्रह स्थिति के अनुसार जमीन-जायदाद से संबंधित परेशानी हो सकती है, हालांकि यह परेशानी लम्बे समय तक नहीं चलेगी। 22-23 जून को विद्यार्थियों को नई चीजें सीखने का मौका मिलेगा एवं पढ़ाई के प्रति काफी गंभीर रहेंगे। लव-रोमांस में अचानक गलत-फहमियां पैदा होगी एवं किसी तीसरे आदमी के आगमन से आपके संबंध खराब रहेंगे।

24 जून से 30 जून

इस सप्ताह आप प्रेम-प्रसंगों इंटरनेट, सोशल मीडिया पर ज्यादा समय व्यतीत करेंगे। इससे आपके स्वास्थ्य पक्ष में उतार-चढ़ाव

बना रहेगा। पार्टनरशिप में पुराने समय से चली आ रही गलत-फहमियां समाप्त होगी। 26 व 27 जून को इंटरव्यू में सफलता प्राप्त होगी, शांतिपूर्ण ढंग से आप अपना काम निपटा लेंगे। जिन्दगी के प्रति एक नया जोश, जुनून, आपको कड़ी मेहनत एवं बेहतर काम के लिए प्रोत्साहित करेगा, आय में वृद्धि होगी। मित्रों का पूर्ण सहयोग प्राप्त होगा। 29 व 30 जून को व्यर्थ की यात्रा होगी। 3rd हाउस में सूर्य-राहु के ग्रहण दोष के कारण रुपए-पैसों व लेनदेन के मामलें में सतर्क रहे, विश्वासघात हो सकता है। शत्रु प्रतिष्ठा एवं छवि को बिगाड़ने की कोशिश करेंगे। इन दिनों वाहन इत्यादि को संभलकर चलाएं, अन्यथा दुर्घटना होने के चांस बने रहेंगे। पिता का स्वास्थ्य खराब रह सकता है। राजनीति से जुड़े जातकों को भाषा संयमित रखने की सलाह दूंगा, अन्यथा बदनामी की आशंका रहेगी।

मिथुन राशि का जुलाई माह का साप्ताहिक राशिफल

01 जुलाई से 07 जुलाई

पंचमेश शुक्र का आपकी मिथुन राशि में भ्रमण होने से यह सप्ताह प्रेमी-जोड़ो के लिए शानदार बना है। आप एक-दूसरे के साथ काफी समय गुजारेंगे। रोज-रोज की मुलाकातें आपके रिश्तों में प्रगाढ़ता लाएगी। 2-3 जुलाई को आप अपने अफेयर्स की जानकारी अपने माता-पिता के साथ शेयर कर सकते है। जिससे बात विवाह तक पहुंच सकती है। स्वास्थ्य पक्ष में उतार-चढ़ाव बना रहेगा। काम के साथ-साथ मे खान-पान पर भी पूरा ध्यान दें। 4-5 जुलाई को शुक्र ग्रह से संबंधित व्यवसाय कर रहे व्यक्तियों को काम की अधिकता के कारण आप बच्चों एवं परिवार के साथ ठीक तरीके से वक्त नहीं बिता पाएंगे। जिसके कारण जीवन साथी के साथ नोक-झोंक भी हो सकती है। खर्चों पर लगाम लगाने की आवश्यकता है। बच्चें इन दिनों शरारती बने रहेंगे एवं पढ़ाई-लिखाई में पूरी तरीके से ध्यान नहीं लगा पाएंगे। लेकिन नई कक्षा में प्रवेश उनको उत्साहित रखेगा। सप्ताह के अंत में बेरोजगारों को नौकरी प्राप्त होगी और नौकरी कर रहे व्यक्तियों को नई जिम्मेदारियां दी जाएगी। लॉटरी एवं सट्टे से अचानक लाभ प्राप्ति हो सकती है।

08 जुलाई से 15 जुलाई

सप्ताह के दो दिनों में आपको बेहद सतर्क रहने की आवश्यकता है। बिजनस के सिलसिले में यात्राओं से आर्थिक लाभ प्राप्त होगा। जमीन-जायदाद में निवेश कर सकते है या फिर आप पैतृक संपति को बेचकर नया घर खरीद सकते है। 9-10 जुलाई को सरकारी क्षेत्र में कार्य कर रहे व्यक्तियों के लिए समय अच्छा बना है। कारोबार की दृष्टि से अगर आप व्यवसाय को बढ़ाना चाहते है तो किसी अनुभवी व्यक्ति से सलाह एवं मशविरा अवश्य लें। स्टॉक मार्केट से दूरी बनाए रखें। स्टूडेंट्स का पढ़ाई में मन नहीं लगेगा। 12-13 जुलाई को विदेश में उच्च शिक्षा प्राप्त कर रहे स्टूडेंट्स को नौकरी के प्रपोजल प्राप्त होंगे। इंजीनियरिंग एवं एम.बी.ए. के क्षेत्र में शिक्षा अर्जित कर रहे स्टूडेंट्स नया कीर्तिमान स्थापित करेंगे। वैवाहिक जीवन में जीवनसाथी के साथ संबंधों में मधुरता आएगी।

16 जुलाई से 23 जुलाई

इस सप्ताह आपके घर में धार्मिक एवं मांगलिक कार्यक्रम का आयोजन होगा एवं आप धार्मिक यात्रा के सिलसिले में बाहर भी जा सकते है या फिर आपके घर में साधु-संत एवं योगी-तपस्वी का आगमन रहेगा। 17-18 जुलाई को किसी की मदद से पुराना रूका हुआ कार्य पुनः हो पाएगा, परन्तु इन दिनों भागदौड़ अधिक रहने से

थकान भी महसूस करेंगे। आपकी एवं आपके पिता की हैल्थ नरम रहने से घर का वातावरण डिस्टर्ब रहेगा। वहीं विवाह योग्य पुत्र-पुत्रियों का रिश्ता अमीर एवं अच्छे घराने से आने पर आपकी पत्नी की खुशियों को ठिकाना नहीं रहेगा। इन दो दिनों में आलस्य जैसी स्थिति बनी रहेगी जिसके कारण आपके व्यावसायिक गतिविधियां भी डिस्टर्ब रहेंगी। वाहन इत्यादि संभलकर चलाएं, छोटी-मोटी दुर्घटना होने की संभावना रहेगी। 20-21 जुलाई को 6thहाऊस के लॉर्ड मंगल आपकी राशि से द्वितीय भाव में नीच के स्थित होने से जिन व्यक्तियों का कोर्ट-कचहरी में मुकदमा चल रहा है उनको अपने वकील से सलाह लेकर हियरिंग की डेट्स अगले सप्ताह में टालना उचित रहेगा। साथ ही आपकी मिथुन राशि में शुक्र का भ्रमण काल होने से फैशन डिजाइनिंग, मॉडलिंग, इंटीरियर डिजाइनिंग क्षेत्र होटल एण्ड रेस्टोरेंट से जुड़े व्यक्तियों को व्यवसाय में नए अवसर प्राप्त होंगे।

24 जुलाई से 31 जुलाई

इस सप्ताह जॉब एण्ड बिजनस से जुड़ी महिलाओं पर काम का प्रेशर अधिक होने से स्वास्थ्य पक्ष में कमजोरी रहेगी एवं ऑफिस-बिजनस के काम के प्रेशर की वजह से घर का वातावरण में भी कलह रहेगी, जिसका बुरा प्रभाव आपके बच्चों पर पड़ेगा। 25-26 जुलाई को किसी पुराने मित्र को उधार दिए पैसे प्राप्त होने

से मन में उल्लास बना रहेगा। राशि से 2ठुस्त्र हाउस में नीच के मंगल का भ्रमण होने से जो व्यक्ति किराए पर दुकान लेकर मंगल ग्रह से संबंधित व्यवसाय कर रहे है एकाएक दुकान मालिक द्वारा किराया बढ़ाने की मांग को लेकर आप परेशान रह सकते हैं। बैंक बैंलेस एवं बजट गड़बड़ा जाएगा। 28-29 जुलाई को स्वास्थ्य पक्ष में उतार-चढ़ाव की स्थिति रहेगी। विद्यार्थियों को इस सप्ताह कड़ी मेहनत की आवश्यकता रहेगी। आपकी राशि से 7th हाउस में शनि-केतु का श्रापित दोष घटित होने से सास-बहु के झगड़ों में आपकी स्थिति बड़ी विचित्र बनी रहेगी मां का पक्ष लें तो पत्नी नाराज, पत्नी का लें तो मां नाराज। भावुक होने से आप परेशान रहेंगे।

मिथुन राशि का अगस्त माह का साप्ताहिक राशिफल

01 अगस्त से 07 अगस्त

इस सप्ताह आपकी राशि से धन भाव में बुध-शुक्र का लक्ष्मीनारायण योग घटित होने से बिजनस से जुड़े व्यक्तियों के लिए शानदार साबित होगा बुध एवं शुक्र ग्रह से संबंधित व्यवसाय के नए-नए अवसर प्राप्त होंगे। जो व्यक्ति इम्पोर्ट-एक्सपोर्ट से जुड़े है उनको विदेशों से नए कॉन्ट्रेक्ट प्राप्त होंगे। इस सप्ताह महिलाओं को बाहर जाते समय सावधानी बरतने की सलाह दूंगा विशेष कर अपने पर्स एवं चैन को सुरक्षित रखें वरना् छोटी-बड़ी दुर्घटना हो सकती है। बच्चों को आउटडोर गेम खेलते समय विशेष ध्यान रखने की आवश्यकता है अन्यथा लापरवाही से छोटी-बड़ी दुर्घटना के कारण आपके माता-पिता को हॉस्पिटल के चक्कर लगाने पड़ेगा। विद्यार्थी इस सप्ताह के आरंभ में ही पासपोर्ट, वीजा, आवश्यक फीस आदि का प्रबंध कर लें, अचानक आया फोनकॉल से आपको विदेश जाना पड़ेगा। लेकिन यह सप्ताह प्रेम एवं रोमांस करने वाले लड़के-लड़कियों के लिए अच्छा नहीं रहेगा। शेयर, सट्टा, वायदा बाजार, तेजी-मंदी, सोने-चांदी तथा डॉयमण्ड ज्वैलरी के व्यवसाय को लाभ के सौदे हाथ लगेंगे। शेयर बाजार में तेजी बने रहने से अच्छा-खासा मुनाफा भी बटोर सकेंगे।

08 अगस्त से 15 अगस्त

परिवारजनों के मध्य पैतृक संपति को लेकर भारी बवाल खड़ा हो सकता है। लेकिन एकाएक किसी प्रभावशाली व्यक्ति से कोई बड़े स्तर का कार्य प्रभावशाली ढंग से संपन्न करवा सकेंगे। 9-10 अगस्त को लम्बे समय से आपके पुत्री के विवाह के रिश्ते में आ रही रूकावटें एवं अड़चन दूर होगी। फिल्म अभिनेता-अभिनेत्रियां कि इस समय रिलीज हुई फिल्में बॉक्स ऑफिस पर सफल होने के साथ-साथ आय की भी नए रिकॉर्ड कायम कर सकती है। मंगल ग्रह का आपकी राशि से 3rd हाऊस में मित्र सिंह राशि में भ्रमण होने से स्पोटर्स क्षेत्र से जुड़े जातकों को कॉम्पिटिशन में जीत हासिल होगी। इस राशि के क्रिकेट खिलाड़ी दोहरा शतक लगाकर या फिर अधिक विकेट लेकर जीत का सेहरा अपने सिर पर बंधवा सकते है। 12-13 अगस्त को स्वास्थ्य के प्रति भी विशेष ध्यान रखने की आवश्यकता रहेगी। नए लोगों से आपका संपर्क बढ़ेगा, काफी समय से अटका हुआ पैसा प्राप्त होगा। घरेलू स्तर पर आपको अपने परिवार से प्रेम एवं सहयोग प्राप्त होगा।

16 अगस्त से 23 अगस्त

इस सप्ताह आपकी राशि से 3rd हाऊस में सूर्य-मंगल की युति से निर्मित पराक्रम योग घटित होने से राजनीति से जुड़े व्यक्तियों को अपने क्षेत्र में सफलता प्राप्त होगी। दाम्पत्य संबंध में निकटता

बनी रहेगी। आपकी आर्थिक स्थिति में सुधार होगा। धन प्राप्ति के साथ-साथ देनदारियां भी समय पर चुकता कर पाएंगे, घर-परिवार में सुखद वातावरण बना रहेगा। सास-बहु के मध्य लम्बे समय से चले आ रहे विवाद समाप्त होंगे। 17-18 अगस्त को शेयर बाजार, एम.सी.एक्स., एन.सी.डी.एक्स., से जुड़े व्यक्तियों को निवेश सोच-समझकर करना होगा। नौकरी-पेशा-वर्ग महिला-पुरुषों के लिए यह समय सामान्य रूप से गुजरता नजर आएगा। परिस्थितियां बहुत अधिक अनुकूल नहीं तो विपरीत भी नहीं। प्रतियोगिता परीक्षा दे रहे विद्यार्थिओं का परिणाम अच्छा रहेगा। 20-21 अगस्त को जो आपके पुराने सरकारी कार्य रूके हुए थे वो पूरे होकर सफलता प्राप्त होगी। बिल्डर्स को भी मजदूर यूनियन के साथ वैचारिक मतभेद रहेंगे। मजदूर यूनियन की तरफ से एकाएक अधिक मांग एवं समय पर कार्य पूरा नहीं होने से मन में खिन्नता एवं उदासीनता बनी रहेगी। पंचमेश शुक्र की मंगल के साथ युति होने से प्रेमी-जोड़ों के लिए समय रोमांस से भरा रहेगा। एक-दूसरे के साथ हसीन पल बिताने के कई सारे मौके प्राप्त होंगे।

24 अगस्त से 31 अगस्त

आपको कोई बड़ा पारिवारिक निर्णय भी लेना पड़ सकता है, इस निर्णय से घर के कुछ सदस्यों से नाराजगी झेलनी पड़ सकती है। आप अपने कार्य करने की गति को तेज करेंगे। 25-26 अगस्त

को कलाकारों को नई डील, एग्रीमेंट एवं कॉन्ट्रेक्ट प्राप्त होंगे। वहीं नौकरी-पेशा से जुड़े व्यक्तियों को नौकरी के सिलसिले में दूसरे शहर या अंतर्राष्ट्रीय यात्रा करनी पड़ सकती है। इस सप्ताह आपका मूड अच्छा रहेगा। सप्ताह समाप्त होते-होते आप पार्टियों में जाएंगे। म्यूजिक, पार्क, फिल्मों और अन्य मनोरंजन प्रोग्रामों में हिस्सा लेंगे। आप अभी मस्ती के मूड में है, लेकिन अभी भी मेहनत कर सकते है और पैसा कमा सकते है। बहुत अच्छे समय की शुरूआत होने वाली है। 28-29 अगस्त को युवा वर्ग अपने दिमाग व ताकत का सही जगह इस्तेमाल करेंगे। आप कहीं बाहर भी जा सकते है, मन को शांत एवं संयम रखें साथ ही क्रोध पर काबू रखें। विद्रोह की इच्छा पर लगाम लगाएं।

मिथुन राशि का सितम्बर माह का साप्ताहिक राशिफल

01 सितम्बर से 07 सितम्बर

इस सप्ताह आपके जीवनसाथी की सेहत खराब हो सकती हैं और उन्हें डॉक्टर चेकअप के लिए बाहर ले जाना पड़ सकता है। 2-3 सितम्बर को आप भाग्य की अपेक्षा कर्म पर भरोसा करके काम करेंगे और अपनी कार्यक्षमता का प्रयोग करेंगे तो आपके लिए सफलता अवश्य प्राप्त होगी। जिन व्यक्तियों का कोर्ट-कचहरी में मुकदमा चल रहा है उन्हें कुछ राहत प्राप्त होगी। लग्जरी जीवन में वृद्धि होगी। यदि आप जॉब चेंज करने के इच्छुक है एवं पूर्व में मेरे द्वारा बताई गई डेट्स पर यदि आप जॉब चेंज नहीं कर पाएं हो तो जॉब चेंज करने के लिए समय उत्तम है। शिक्षा के क्षेत्र में विद्यार्थी सफलता अर्जित करेंगे। अपना स्वयं का मकान बनाने के लिए किए गए प्रयास में सफलता प्राप्त होगी। 4-5 सितम्बर को अपकी पुत्री की शादी तय होने की संभावना है। इन दिनों आप अपने क्रोध पर काबू रखें। आपका झगड़ालू स्वभाव आपकी दुश्मनों की सूची लम्बी कर सकता है।

08 सितम्बर से 15 सितम्बर

इस सप्ताह आपका सामाजिक एवं राजनैतिक दायरा बढ़ेगा तथा राजनीति करने वाले जातकों को एक नई दिशा मिलेगी। आपको

किसी धार्मिक यात्रा पर जाने का मौका प्राप्त होगा। स्त्रियों से दूरी बनाए रखना ही आपके लिए बेहतर होगा। 9-10 सितम्बर को अपने खर्चों पर नियंत्रण रखें वरना भविष्य में परेशानी झेलनी पड़ सकती है। सुनी-सुनाई बातों पर आंखे बंदकर के यकीन ना करें और सच्चाई को भली-भांति समझ लें। विद्यार्थियों को शिक्षा के क्षेत्र में नए अवसर प्राप्त होंगे। इन दिनों दोस्तों के साथ शौक एवं मौज में समय व्यतीत होगा। आपकी राशि से 10rd हाऊस में स्थिति शुक्र की भाग्य भाव पर दृष्टि होने से कला जगत एवं फिल्म इण्डस्ट्री के क्षेत्र में कार्य कर रहे जातकों के लिए यह समय अच्छी खुशखबरी लेकर आएगा। 11-12 सितम्बर को आप किसी बड़े वाहन की खरीददारी कर सकते है। पिता का सहयोग आपके जीवन में परिवर्तन लाएगा। आपका टैलेंट आपको सक्सेस की ओर ले जाएगा। जीवनसाथी के रिश्तेदारों की दखल मैरिड लाइफ को डिस्टर्ब रखेगी। मुश्किल हालात से उबरने में आपके जीवनसाथी की तरफ से ज्यादा सहयोग प्राप्त नहीं होगा। संतान के प्रति मन चिंतित रहेगा।

16 सितम्बर से 23 सितम्बर

इस सप्ताह सरकारी कार्य के मामलों मे सफलता प्राप्त होगी। अधिकारी एवं प्रभावशाली व्यक्तियों से संपर्क बढ़ेगा। बिजनस में नई डील करने के लिए समय उपयुक्त है। इन दिनों आपका

एनर्जी लेवल हाई रहेगा। 17-18 सितम्बर को स्टॉक मार्केट से अचानक लाभ की प्राप्ति होगी। परिवार में चल रही परेशानी का हल निकालेंगे। इन दिनों गुप्त शत्रु सक्रिय हो सकते है। आपका आक्रामक रूख आपके लिए नुकसानदायक सिद्ध हो सकता हैं। इन दिनों अपनी इच्छाओं एवं महत्वकांक्षाओं पर काबू रखें। सिर्फ ख्याली पुलाव पकाने से कुछ नहीं होता है। कार्य के लिए दोस्तों एवं रिश्तेंदारों से पैसे उधार ना लें। 19-20 सितम्बर को प्रतियोगिता परीक्षा की तैयारी करने वाले स्टूडेंट्स के लिए समय अच्छा बना है। रिसर्च के क्षेत्र में लगे हुए स्टूडेंट्स का समय अनुकूल बना है। पॉजीटिव थिंकिंग से मन स्वस्थ्य बना रहेगा। 22-23 सितम्बर को खास बनाने के लिए परिवार के साथ शाम को किसी अच्छी जगह घूमने जाएं। किसी बाहरी व्यक्ति से सहयोग प्राप्त हो सकता है। आपके क्रिएटिव टैलेंट को सही जगह काम लें। भाई-बहनों का सहयोग प्राप्त होगा। महिलाओं से आपके संबंध मधुर बनेंगे।

24 सितम्बर से 30 सितम्बर

इस सप्ताह पिता से वैचारिक मतभेद बने रहने के आसार नजर आ रहे हैं। राजनैतिक लोगों के साथ उठने-बैठने के अवसर प्राप्त होंगे। इन दिनों मुमकिन है कि आपके अतीत से जुड़ा कोई शख्स आपसे संपर्क करें। उसकी मुलाकात आपके लिए यादगार साबित रहेगी। 25-26 सितम्बर को घर की स्त्रियां शॉपिंग में व्यस्त

रहेंगी। लेकिन उनकी अत्यधिक शॉपिंग आपके जेब पर भारी पड़ सकती है। पड़ोसियों का सहयोग प्राप्त होगा। विदेश में शिक्षा कर रहे स्टूडेंट्स को स्कॉलरशिप मिलने की संभावना है। नए विचार और नई सोच के साथ नए कार्य का सृजन होगा। राशि के स्वामी बुध 4th हाउस में उच्च राशि में स्थित होने से भाग्य आपके पक्ष में है अपने सभी जरूरी कार्य इन दिनों आप कर सकते है। 28-29 सितम्बर को जीवनसाथी के साथ संबंधों में मधुरता आएगी। आपका जीवनसाथी सारे मन-मुटाव भुलाकर प्यार के साथ आपके पास फिर से आएंगे, और जीवन पहले से ज्यादा सुंदर लगेगा। ससुराल से धन लाभ प्राप्त होगा। पुराने उधार दिए गए पैसे किसी मित्र से प्राप्त हो सकते है।

मिथुन राशि का अक्टूबर माह का साप्ताहिक राशिफल

01 अक्टूबर से 07 अक्टूबर

इस सप्ताह आपकी प्रतिभा आपको सफलता की ओर अग्रसर करेगी। 2-3 अक्टूबर को वाहन आदि सावधानी पूर्वक चलाएं अन्यथा कोई दुर्घटना हो सकती है। चतुर्थ भाव में सूर्य-मंगल की युति से पराक्रम योग घटित होने से सरकारी मामलों में प्रगति होगी। आप ऊर्जा से लबरेज रहेंगे और अचानक अच्छा मुनाफा भी मिल सकता है। विद्यार्थियों के लिए यह समय सामान्य रहेगा। नजदीकी लोगों से संबंधों में मधुरता आएगी। संतान पक्ष से आपको कुछ अच्छी खबर मिलेगी। 5-6 अक्टूबर को जमीन-जायदाद में कुछ अड़चने आने की आशंका है। इस समय ना आप किसी को उधार पैसा दें और ना ही किसी से उधार पैसा लें। आपका मजाकिया स्वभाव आपके चारों ओर के वातावरण को खुशनुमा बना देगा। महिलाओं से सावधानी रखें अन्यथा कोई हानि हो सकती है। आपकी राशि से 5th हाउस में स्वगृही शुक्र स्थित होने से आपकी कलात्मक और रचनात्मक क्षमता की काफी सराहना होगी। सरकारी नौकरी वालों को यह समय थोड़ा परेशानी में डाल सकता है लापरवाही ना बरतें। अपनी वाणी पर संयम रखें।

08 अक्टूबर से 15 अक्टूबर

इस सप्ताह आपको भाइयों का भरपूर सहयोग मिलेगा। समय की उपयोगिता को ध्यान में रखकर काम करेंगे तभी आप-अपने मकसद में कामयाब हो पाएंगे। आपकी राशि से दशम भाव पर सूर्य की दृष्टि होने से पिता का सहयोग आपके जीवन में परिवर्तन लाएगा। 9-10 अक्टूबर को परीक्षा की तैयारी करने वाले स्टूडेंट्स के लिए सामान्य अवसर है। रुके हुए कार्यों में सफलता मिलेगी। जो लोग प्रशासन से परेशान चल रहे है उनको कुछ राहत मिलेगी। 12-13 अक्टूबर को आप घर में धार्मिक एवं मांगलिक कार्यक्रम आयोजन कर सकते है। आपकी राशि के स्वामी बुध की 5th हाऊस में स्वगृही शुक्र के साथ युति होने से इन दिनों आप नया वाहन खरीद सकते है। भाग्य का पूरा सहयोग मिलेगा। मान-सम्मान की प्रतिष्ठा मिल सकती है। 14-15 अक्टूबर को कोर्ट-कचहरी से जुड़े लोगों का आर्थिक लाभ होगा। किसी खास मित्र के आने से लाभ प्राप्त होगा।

16 अक्टूबर से 23 अक्टूबर

इस सप्ताह मौज-मस्ती की यात्राएं और सामाजिक मेलजोल आपको खुश रखेंगे। आपका जीवनसाथी आपके आर्थिक स्थिति को मजबूत करने में सहयोग देगा। संतान पक्ष से आपको परेशानी का सामना करना पड़ेगा। 17-18 अक्टूबर को नए कार्य का

प्रारंभ इस महीने आपको सफलता दिलवाएगा। वाहन, मकान आदि खरीदने के योग घटित हो रहे है। मित्रों का सहयोग आपके काम आएगा। 5th हाऊस में नीच के सूर्य स्थित होने से शत्रुओं से सावधान रहने की आवश्यकता है। बेवजह की यात्रा आपको परेशान कर सकती है। 20-21 अक्टूबर को परिवार में तनावपूर्ण माहौल रह सकता है, जल्दबाजी में कोई भी कार्य न करें वरना हानि हो सकती है। अपने क्रोध पर नियंत्रण रखें नहीं तो मुश्किल में पड़ सकते है। सामाजिक कार्यों में उपलब्धियां प्राप्त होगी। वहीं सप्ताह के अंत में आपकी राशि से 5th हाऊस में स्वगृही शुक्र का भ्रमण होने से शुक्र ग्रह से संबंधित व्यवसाय कर रहे जातकों के लिए यह समय लाभदायी सिद्ध रहेगा। धन लाभ के अच्छे अवसर प्राप्त होंगे। रिश्तेदारों से मैत्री पूर्ण संबंध बने रहेंगे। नजदीकी लोगों से संबंध अच्छे बने रहेंगे। विद्यार्थियों के लिए यह समय थोड़ा संघर्ष का रहेगा।

24 अक्टूबर से 31 अक्टूबर

इस सप्ताह 5th हाउस में बुध एवं शुक्र की युति होने से जो लवर्स अपने प्रेमिका को प्रपोज करना चाहते है उनके लिए समय अनुकूल बना है। आपके प्रपोजल को स्वीकार कर लिया जाएगा। 26-27 अक्टूबर को आपके स्वास्थ्य पक्ष अच्छा रहेगा एवं आपके अंदर एनर्जी लेवल हाई रहेगा। आर्थिक मामलों में आप कुछ

पॉजीटिव बदलाव लाएंगे। इन दिनों ना तो किसी को अपना वाहन दें, नो ही किसी से वाहन मांगे अन्यथा किसी दुर्घटना स्वरूप आर्थिक खामियाजा भुगतना पड़ सकता है। 28-29 अक्टूबर को अपनी जीवनशैली में बदलाव करे एवं खान-पान का ध्यान रखें। आपके जीवनसाथी को किसी गंभीर बीमारी के कारण परेशानी हो सकती है अतः उनके स्वास्थ्य पर ध्यान दें। मोटिवेशन के लिए अच्छी पुस्तकें एवं मोटिवेशनल वीडियोज में अपना समय दें। परिवार में हंसी-खुशी का माहौल रहेगा। यदि आप सिंगल है और पार्टनर की तलाश में है तो यह ख्वाहिश पूरी होगी किसी को पसंद करते है तो उसको प्रपोज करने का उत्तम समय है।

मिथुन राशि का नवम्बर माह का साप्ताहिक राशिफल

01 नवम्बर से 07 नवम्बर

इस सप्ताह आप समय की उपयोगिता को ध्यान में रखकर काम करेंगे तभी आप अपने मकसद में कामयाब हो पाएंगे। वाणी में संतुलन बनाए रखें। नए संबंधों में मधुरता आएगी। बेवहज की यात्राएं आपको परेशान रख सकती है। परेशानी के बारे में सोचते रहने और राई का पहाड़ बनाने की आदत आपके कार्य में विलम्ब का कारण बनेगी। भाग्य के भरोसे ना बैठे। 3-4 नवम्बर जीवनसाथी का पूर्ण सहयोग प्राप्त होगा। फैमिली प्रॉब्लम को दूर करने में आपका बच्चों जैसा मासूम बर्ताव महत्वपूर्ण भूमिका अदा करेगा। सप्ताह के मध्य में मन में तनाव अधिक हो तो नजदीकी रिश्तेदार या फ्रेंड्स से बात करें इससे आपका दिल का बोझ हल्का हो जाएगा। शत्रुओं से सावधानी बरतनें की आवश्यकता है वरना धनहानि हो सकती है। साथ ही अतिआत्मविश्वास में आकर कोई कार्य ना करें अन्यथा इसका खामियाजा आपको भुगतना पड़ेगा। 5-6 नवम्बर को पिता का सहयोग आपको मानसिक रूप से मजबूत बनाएगा। कुछ ही दिन पूर्व गुरु का धनु राशि में परिवर्तन होने से आप सामाजिक दायित्व की पूर्ति का निर्वाह करेंगे, मान-सम्मान की प्राप्ति होगी। स्टूडेंट्स के लिए यह समय सामान्य रहेगा।

08 नवम्बर से 15 नवम्बर

सप्ताह के शुरूआत में आप नए विचार और नई सोच के साथ कार्य को शुरू करेंगे। व्यावसायिक कार्यों में आप एक्टिव रहेंगे। ससुराल पक्ष से भी सहयोग मिलेगा, कुछ नए लोगों से मुलाकात आपके जीवन में परिवर्तन लाएगी। 9-10 अक्टूबर को संतान की तरफ से शुभ समाचार मिलने की संभावना है। वाहन एवं मकान खरीदने के योग बन सकते है। आर्थिक लाभ मिलने की संभावना है। 12-13 अक्टूबर को कार्यों से अच्छी सफलता प्राप्त होगी। वाहन चलाते समय सावधानी बरतें। प्रेम संबंधों को लेकर स्थितियां बेहतर बनेगी। इस सप्ताह आप अपनी लवर्स से अपना प्रेम का इजहार कर सकते हैं। परिवार के वरिष्ठ सदस्यों के साथ वैचारिक मतभेद हो सकते है। रूके हुए कार्य के साथ-साथ धन लाभ भी होगा। ऑफिस में आपको सम्मानित किया जाएगा। प्रमोशन भी संभव है।

16 नवम्बर से 23 नवम्बर

इस सप्ताह आपकी राशि से 5th हाउस में स्थित मंगल पर राहु की दृष्टि से निर्मित अंगारक दोष से पारिवारिक दृष्टि से स्थितियां तनाव पूर्ण रह सकती है। भागदौड़ एवं अशांति का माहौल देखने को मिल सकता है। 17-18 अक्टूबर को अचानक ही घर के किसी सदस्य का स्वास्थ्य खराब होने से अत्यधिक भागदौड़ के कारण आपका

कामकाज का क्षेत्र प्रभावित हो सकता है। मानसिक उलझनों के पश्चात् भी लक्ष्य प्राप्ति में सफलता प्राप्त होगी। 20-21 अक्टूबर को कामकाज को लेकर जिम्मेदारियां बढ़ सकती है। फ्रेंड्स के साथ या नौकरी के क्षेत्र में भी सहकर्मियों के साथ वाद-विवाद हो सकता है। काफी समय से आपका विदेश जाने का सपना भी पूरा हो सकता है। सप्ताह के अंत में स्टूडेंट्स शिक्षा के क्षेत्र में नया कीर्तिमान स्थापित करेंगे। आपके व्यवसाय में आप एक मंझे हुए खिलाड़ी की तरह अपने कार्य को अंजाम देंगे। जल्दबाजी में कोई निर्णय ना लें। सामाजिक कार्य में आपकी रूचि बढ़ेगी। सप्ताह के अंत में शारीरिक थकान महसूस होगी। अपने खान-पान पर नियंत्रण रखेंौ।

24 नवम्बर से 30 नवम्बर

सप्ताह के शुरूआत में आपकी राशि से 7th हाऊस में स्थित देवगुरु बृहस्पति पर राहु की दृष्टि होने से चाण्डाल दोष घटित होने पर फाईनेंशियल समस्या आपको परेशान करेंगी। संतान को लेकर चिंता रह सकती है। 25-26 अक्टूबर को पैसा किसी ऐसी जगह इनवेस्टमेंट ना करें जिससे नुकसान उठाना पड़े। शेयर बाजार, सट्टा बाजार, वायदा बाजार में कार्य कर रहे व्यक्तियों को पूर्व में किए गए निवेश का लाभ प्राप्त होगा। आपकी बुद्धि एवं वाणी द्वारा पैसा अर्जित करेंगे। ऑफिस में सीनियर एवं जूनियर सहकर्मियों

के साथ संबंध अच्छे बनेंगे। इस सप्ताह आपके स्वास्थ्य में सुधार होगा। 28-29 अक्टूबर को घर में मांगलिक एवं धार्मिक आयोजन का कार्यक्रम होगा। प्रतियोगिता दे रहे स्टूडेंट्स का पढ़ाई में मन लगा रहेगा। लम्बे समय से संतान की प्राप्ति के इच्छुक जातकों को संतान प्राप्ति होगी। राजनेता एवं अभिनेता दोनों ही अखबार में सुर्खियों में बने रहेंगे। वहीं लवर्स की आपस में नजदीकियां बढ़ेगी। राशि से 10th हाऊस के अधिपति देवगुरु बृहस्पति का 7th हाऊस में स्वगृही स्थित होने से गुरु ग्रह से संबंधित व्यवसायियों का व्यवसाय चरम सीमा पर रहेगा। मन हर्षित एवं उल्लास से भरा रहेगा। जो नौकरी चेंज करना चाहते है उनको अवसर प्राप्त होंगे।

मिथुन राशि का दिसम्बर माह का साप्ताहिक राशिफल

01 दिसम्बर से 07 दिसम्बर

इस सप्ताह पारिवारिक समस्याएं कुछ ज्यादा होने की संभावना है, अनावश्यक छोटी-छोटी बातों को लेकर आपस में लड़ाई-झगड़े तथा तनाव होने की स्थिति उत्पन्न हो सकती है। अपनी वाणी पर संयम रखें। 3-4 दिसम्बर को प्रेम संबंधों तथा दाम्पत्य जीवन को लेकर अच्छा रहने की संभावना है। माता-पिता का आशीर्वाद तथा माता-पिता का सहयोग आपके जीवन में बहुत अच्छा अवसर प्राप्त करा सकता है। आपकी राशि से 7th हाउस में गुरु-शुक्र की युति से निर्मित शंख योग घटित होने से आपके रुके हुए कार्यों में सफलता प्राप्त होने के साथ-साथ धन लाभ एवं उन्नति के मार्ग प्रशस्त होंगे। 5-6 दिसम्बर को आपके अपने जानने वालों के साथ मधुर संबंध होने के साथ-साथ प्रिय बंधुओं से मेल-मिलाप एवं सुख-साधनों पर धन का खर्च हो सकता है, इस समय आपको यश, मान-सम्मान इत्यादि की प्राप्ति अच्छी हो सकती है। यदि आप अचल संपति के बारे में विचार कर रहे हैं तो हो सकता है कि इस सप्ताह में आपको प्राप्त होने में परेशानियों का सामना करना पड़े। यदि आप व्यापारी है तो आपके कामकाज के क्षेत्रों को लेकर उतार-चढ़ाव की स्थितियां उत्पन्न हो सकती है।

08 दिसम्बर से 15 दिसम्बर

इस सप्ताह आप गाड़ी खरीदने के बारे में सोच रहे है तो यह समय आपके लिए अतिउत्तम बना है। यदि आप विद्यार्थी है तो इस सप्ताह आपके पढ़ाई-लिखाई से संबंधित भागदौड़ तथा तनाव की स्थितियों का सामना करना पड़ सकता है। बाहर की यात्रा इस सप्ताह में बेहतर हो सकती है। आपके द्वारा किए गए प्रयासों से सफलता प्राप्त होने के अच्छे अवसर प्राप्त हो सकते है। 9-10 दिसम्बर को अनावश्यक कार्य का बोझ बढ़ सकता है जिससे आपको मानसिक के साथ-साथ शारीरिक परेशानियों का भी सामना करना पड़ सकता है। आप किसी काम-काज को लेकर विस्तार देने की योजना बना रहे है तो इस सप्ताह टाल दें। 11-12 दिसम्बर को आपके पास जो कार्य है उसे ही करने के बारे में सोचें, कोई नया कार्य आपको आर्थिक समस्या दे सकता है। किसी तरह का लेनदेन न करें, परिवार के सदस्य के स्वास्थ्य को लेकर समस्या उत्पन्न हो सकती है।

16 दिसम्बर से 23 दिसम्बर

इस सप्ताह प्रेम संबंधों को लेकर प्रतिकूल स्थितियां रहने की आशंका है। ऐसे में अपने प्रेमी-प्रेमिका से सामान्य संबंध बनाकर रखना आपके लिए बेहतर हो सकता है। आपको अपने प्रेमी-प्रेमिका से कुछ अपनी गुप्त बातों को दबाकर रखना ही अच्छा

होगा अन्यथा आपको नुकसान उठाना पड़ सकता है। 17-18 दिसम्बर को पति-पत्नी के अच्छे संबंध नहीं होंगे तथा ससुराल पक्ष से भी संबंध बिगड़ सकते हैं। प्रतियोगी परीक्षा दे रहे विद्यार्थियों के लिए यह समय उत्तम है। मानसिक उलझन के बावजूद लक्ष्य प्राप्ति में सफलता प्राप्त होने की संभावना बन रही है। कामकाज को लेकर जिम्मेदारियां बढ़ सकती है, इन जिम्मेदारियों को पूरा करने का अथक प्रयास करने से आपको लाभ प्राप्त हो सकता है। 20-21 दिसम्बर को अचल संपत्ति का लाभ होने का योग बन रहा है। आपको बच्चों एवं पत्नी के साथ कहीं बाहर घूमने-फिरने के अवसर प्राप्त हो सकते है। आपकी राशि से 5th हाउस में स्थित मंगल की आय भाव पर पूर्ण दृष्टि होने से आप अगर व्यवसायी है तो आप एक मंझे हुए खिलाड़ी की तरह अपने कार्यों को अंजाम तक पहुंचाने की कोशिश करें। सप्ताह के अंत में आपके घर में धार्मिक एवं मांगलिक कार्यक्रम के आयोजन हो सकते है। भूमि, वाहन आदि का लाभ मिलने के साथ-साथ राजनीतिक माहौल में आपका रूतबा बढ़ सकता है। यदि संभव हो तो लम्बी यात्रा को स्थगित कर दें।

24 दिसम्बर से 31 दिसम्बर

इस सप्ताह कुछ अच्छे अवसर प्राप्त होने से आपका मन प्रसन्नचित रहेगा, कठिन परिश्रम तथा आत्मविश्वास के साथ-साथ भाग्य का

सहयोग प्राप्त होने की संभावना है। 25-26 दिसम्बर को किसी तरह के खान-पान से आपका स्वास्थ्य बिगड़ने की संभावना है। जीवनसाथी को लेकर खर्चे का योग भी बन रहा है। आपको संतान सुख की प्राप्ति हो सकती है। सप्ताह के मध्य में कुछ प्रतिष्ठित लोगों से संपर्क बनने से कुछ अच्छा कार्य सफल हो सकता है। यदि इस सप्ताह में आप गंभीरतापूर्वक किसी कार्य को अंजाम तक पहुंचाने का प्रयास कर रहे है तो वह कार्य सफल हो सकता है। 28-29 दिसम्बर को संतान के पढ़ाई-लिखाई को लेकर चिंतित है और उसे पढ़ने के लिए विदेश भेजना चाहते है तो यह समय अति उत्तम है। किसी वाद-विवाद में उलझे तो नुकसान उठाना पड़ सकता है। सप्ताह के अंत में प्रेमी-प्रेमिका के साथ मधुर संबंध स्थापित हो सकते है।

।।श्री गणेशाय नमः।।

2019 में ग्रहों का भ्रमण काल

सूर्य

01 जनवरी 2019 से 14 जनवरी 2019 तक धनु राशि में।
14 जनवरी 2019 से 13 फरवरी 2019 तक मकर राशि में।
13 फरवरी 2019 से 14 मार्च 2019 तक कुंभ राशि में।
15 मार्च 2019 से 14 अप्रैल 2019 तक मीन राशि में।
14 अप्रैल 2019 से 15 मई 2019 तक मेष राशि में।
15 मई 2019 से 15 जून 2019 तक वृषभ राशि में।
15 जून 2019 से 16 जुलाई 2019 तक मिथुन राशि में।
17 जुलाई 2019 से 17 अगस्त 2019 तक कर्क राशि में।
17 अगस्त 2019 से 17 सितम्बर 2019 तक सिंह राशि में।
17 सितम्बर 2019 से 17 अक्टूबर 2019 तक कन्या राशि में।
17 अक्टूबर 2019 से 16 नवम्बर 2019 तक तुला राशि में।
16 नवम्बर 2019 से 16 दिसम्बर 2019 तक वृश्चिक राशि में।
16 दिसम्बर 2019 से वर्ष समाप्ति तक धनु राशि में।
(16 दिसम्बर 2019 से 14 जनवरी 2020 तक सूर्य धनु राशिस्थ होने से मलमास इस समयावधि में विवाह, मांगलिक एवम् शुभ कार्यादि निषेध)

चन्द्रमा

सवा दो दिन तक एक राशि में भ्रमण।

मंगल

01 जनवरी 2019 से 05 फरवरी 2019 तक मीन राशिस्थ।
05 फरवरी 2019 से 22 मार्च 2019 तक मेष राशिस्थ।
22 मार्च 2019 (दोपहर 03:05 से 06 मई 2019) तक वृषभ राशिस्थ।
07 मई 2019 से 22 जून 2019 तक मिथुन राशिस्थ।
22 जून 2019 से 08 अगस्त 2019 तक कर्क राशिस्थ।
09 अगस्त 2019 से 24 सितम्बर 2019 तक सिंह राशिस्थ।
24 सितम्बर 2019 से 10 नवम्बर 2019 तक कन्या राशिस्थ।
10 नवम्बर 2019 से 25 दिसम्बर 2019 तक तुला राशिस्थ।
25 दिसम्बर 2019 से वर्ष समाप्ति तक वृश्चिक राशिस्थ।

बुध

01 जनवरी 2019 से 20 जनवरी 2019 तक धनु राशिस्थ।
(08 जनवरी 2019 से तक बुध अस्त।)
20 जनवरी 2019 से 07 फरवरी 2019 तक मकर राशिस्थ।
07 फरवरी 2019 से 25 फरवरी 2019 तक कुंभ राशिस्थ।
(16 फरवरी 2019 से बुध उदय।)

25 फरवरी 2019 से 15 मार्च 2019 तक मीन राशिस्थ।
(05 मार्च 2019 से बुध वक्री एवं 07 मार्च 2019 से बुध अस्त।)
15 मार्च 2019 से 11 अप्रैल तक बुध वक्री रहते पुनः कुंभ राशिस्थ।
(22 मार्च को बुध उदय और 28 मार्च 2019 को मार्गी।)
11 अप्रैल 2019 से 03 मई 2019 तक मीन राशिस्थ।
03 मई 2019 से 18 मई 2019 तक मेष राशिस्थ।
(10 मई 2019 से बुध अस्त।)
18 मई 2019 से 01 जून 2019 तक वृषभ राशिस्थ।
01 जून 2019 से 20 जून 2019 तक मिथुन राशिस्थ।
(01 जून 2019 से बुध उदय।)
20 जून 2019 से 26 अगस्त 2019 तक कर्क राशिस्थ।
(05 जुलाई 2019 से बुध वक्री एवं 01 अगस्त 2019 से बुध मार्गी।)
(29 जुलाई-19 से बुध वक्री रहते 03 अगस्त19 तक मिथुन राशिस्थ।)
(03 अगस्त 2019 से 26 अगस्त 2019 तक कर्क राशिस्थ।)
(22 अगस्त 2019 से बुध अस्त।)
26 अगस्त 2019 से 10 सितम्बर 2019 तक सिंह राशिस्थ।
10 सितम्बर 2019 से 29 सितम्बर 2019 तक कन्या राशिस्थ।
(20 सितम्बर 2019 से बुध उदय।)

29 सितम्बर 2019 से 23 अक्टूबर 2019 तक तुला राशिस्थ।
23 अक्टूबर 2019 से 07 नवम्बर 2019 तक वृश्चिक राशिस्थ।
(29 अक्टूबर से बुध वक्री।)
(07 नवम्बर 2019 से 05 दिसम्बर 2019 तक बुध वक्री रहते तुला राशि में।)
(21 नवम्बर 2019 को बुध मार्गी।)
05 दिसम्बर 2019 से 25 दिसम्बर 2019 तक वृश्चिक राशिस्थ।
(17 दिसम्बर से बुध अस्त।)
25 दिसम्बर 2019 से वर्ष समाप्ति तक धनु राशिस्थ।

गुरु

वर्ष आरम्भ यानी 01 जनवरी 2019 से 29 अक्टूबर 2019 तक गुरु वृश्चिक राशि में। (29 मार्च 2019 से 23 अप्रैल तक गुरु धनु राशिस्थ।)
(11 अप्रैल 2019 से 10 अगस्त 2019 तक गुरु वक्री।)
(10 अगस्त 2019 से गुरु मार्गी।)
29 अक्टूबर से वर्ष समाप्ति तक गुरु धनु राशिस्थ।

शुक्र

01 जनवरी 2019 से 29 जनवरी 2019 तक वृश्चिक राशि में।

29 जनवरी 2019 से 24 फरवरी 2019 तक धनु राशि में।
24 फरवरी 2019 से 21 मार्च 2019 तक मकर राशि में।
21 मार्च 2019 से 15 अप्रैल 2019 तक कुंभ राशि में।
15 अप्रैल 2019 से 10 मई 2019 तक मीन राशि में।
10 मई 2019 से 05 जून 2019 तक मेष राशि में।
05 जून 2019 से 28 जून 2019 तक वृषभ राशि में।
28 जून 2019 से 23 जुलाई 2019 तक मिथुन राशि में।
23 जुलाई 2019 से 16 अगस्त 2019 तक कर्क राशि में।
16 अगस्त 2019 से 09 सितम्बर 2019 तक सिंह राशि में।
09 सितम्बर 2019 से 03 अक्टूबर 2019 तक कन्या राशि में।
03 अक्टूबर 2019 से 28 अक्टूबर 2019 तक तुला राशि में।
28 अक्टूबर 2019 से 21 नवम्बर 2019 तक वृश्चिक राशि में।
21 नवम्बर 2019 से 15 दिसम्बर 2019 तक धनु राशि में।
15 दिसम्बर 2019 से वर्ष समाप्ति तक यानि 31 दिसम्बर 2019 तक मकर राशि में।

शनि

वर्ष आरम्भ यानी 01 जनवरी 2019 से वर्ष समाप्ति तक यानि 31 दिसम्बर 2019 शनि धनु राशिस्थ।
(01 मई 2019 से 17 सितम्बर 2019 तक शनि वक्री।)
(17 सितम्बर 2019 से शनि मार्गी।)

राहु-केतु

वर्ष आरम्भ यानी 01 जनवरी 2019 से 06 मार्च 2019 तक राहु कर्क राशिस्थ एवं केतु, मकर राशिस्थ।

06 मार्च 2019 से वर्ष समाप्ति यानी 31 दिसम्बर 2019 तक राहु मिथुन राशिस्थ एवम् केतु धनु राशिस्थ।

वर्ष 2019 के प्रमुख व्रत, त्यौहार एवं जयन्ती

जनवरी 2019

01 जनवरी 2019 - ईस्वी नववर्ष (मंगल), सफला एकादशी व्रत

03 जनवरी 2019 - प्रदोष व्रत

05 जनवरी 2019 - देव पितृकार्य शनैचरी पौषी अमावस्या

07 जनवरी 2019 - चन्द्र दर्शन

12 जनवरी 2019 - स्वामी विवेकानन्द जयंती, राष्ट्रीय युवा दिवस

13 जनवरी 2019 - गुरु गोविन्द सिंह जयन्ती, लोहड़ी पर्व, पंजाब

15 जनवरी 2019 - मकर सक्रांति सूर्य का मकर राशि में प्रवेश 14 जनवरी 2019 को 07:50 बजे होने से मकर संक्रांति पर्व 15 जनवरी 2019 को।

17 जनवरी 2019 - पुत्रदा एकादशी

18 जनवरी 2019 - प्रदोष व्रत

20 जनवरी 2019 - पूर्णिमा व्रत, शांकाभरी जयंती

21 जनवरी 2019 - माघ मास स्नान आरम्भ

23 जनवरी 2019 - नेताजी सुभाष चन्द्र बोस जयंती

24 जनवरी 2019 - संकष्ट माघी चतुर्थी व्रत

26 जनवरी 2019 - राष्ट्रीय गणतंत्र दिवस

27 जनवरी 2019 - रामानंदाचार्य जयंती

30 जनवरी 2019 - महात्मा गांधी पुण्य दिवस

31 जनवरी 2019 - षट्तिला एकादशी व्रत

फरवरी 2019

02 फरवरी 2019 - शनि प्रदोष व्रत

04 फरवरी 2019 - मौनी अमावस्या, प्रयागराज स्नान सोमवत्ती अमावस्या

05 फरवरी 2019 - गुप्त नवरात्रा आरंभ

06 फरवरी 2019 - चन्द्र दर्शन

08 फरवरी 2019 - वरद विनायक तिल चतुर्थी विश्वकर्मा जयंती

09 फरवरी 2019 - बसंत पंचमी/सरस्वती जयंती

12 फरवरी 2019 - नर्मदा जयंती

14 फरवरी 2019 - वेलेन्टाइन-डे,

16 फरवरी 2019 - जया एकादशी व्रत,
वेणेश्वर मेला डूंगरपुर

17 फरवरी 2019 - प्रदोष व्रत, विश्वकर्मा जयंती, गुरु गोरखनाथ जयंती

18 फरवरी 2019 - बसंत ऋतु आरंभ

19 फरवरी 2019 - पूर्णिमा व्रत, माघ स्नान पूर्ण, गुरु रविदास जयंती

22 फरवरी 2019 - चतुर्थी व्रत

26 फरवरी 2019 - सीताष्टमी पर्व

27 फरवरी 2019 - श्रीसमर्थ रामदास जयंती

28 फरवरी 2019 - राष्ट्रीय विज्ञान दिवस

मार्च 2019

02 मार्च 2019 - विजया एकादशी व्रत

03 मार्च 2019 - प्रदोष व्रत

03 मार्च 2019 - महाशिवरात्रि व्रत, शिवरात्रि जागरण, रुद्राभिषेक

06 मार्च 2019 - अमावस्या बुधवार, शिव खप्पर पूजा

08 मार्च 2019 - चन्द्र दर्शन, फूलेरादूज, विश्व महिला दिवस

14 मार्च 2019 - श्री दादू दयाल जयंती, होलाष्टक प्रारंभ

17 मार्च 2019 - आमलकी एकादशी, श्री खाटू श्यामजी मेला प्रारंभ,

18 मार्च 2019 - सोम प्रदोष

20 मार्च 2019 - पूर्णिमा व्रत, होलिका दहन 09:00 बजे उपरान्त
21 मार्च 2019 - चैतन्य महाप्रभु जयंती छारंडी, वसंतोत्सव
22 मार्च 2019 - संत तुकाराम जयंती
24 मार्च 2019 - चतुर्थ व्रत
25 मार्च 2019 - रंग पंचमी
27 मार्च 2019 - शीतलाष्टमी
28 मार्च 2019 - शीतला माता पूजा-बासोड़ा रंग सप्तमी
30 मार्च 2019 - दशामाता पूजा व्रत
31 मार्च 2019 - पापमोचनी एकादशी

अप्रैल 2019

02 अप्रैल 2019 - भोम प्रदोष व्रत
03 अप्रैल 2019 - रंग तेरस रामनवमी
05 अप्रैल 2019 - चैत्री अमावस्या,
06 अप्रैल 2019 - नवसंवत्सर 2076 आरम्भ, चैत्र नवरात्रा आरम्भ
07 अप्रैल 2019 - चेटीचण्ड श्री झूलेलाल जयंती
08 अप्रैल 2019 - गणगौरी तीज पूजा
12 अप्रैल 2019 - दुर्गाष्टमी
13 अप्रैल 2019 - रामनवमी

15 अप्रैल 2019 - कामदा एकादशी व्रत

17 अप्रैल 2019 - महावीर जयंती, प्रदोष व्रत

19 अप्रैल 2019 - हनुमान जयंती, चैत्र पूर्णिमा व्रत, गुड-फ्राईडे

22 अप्रैल 2019 - चतुर्थी व्रत

30 अप्रैल 2019 - वरूथिनी एकादशी व्रत, वल्लभाचार्य जयंती

मई 2019

01 मई 2019 - मजदूर दिवस

02 मई 2019 - प्रदोष व्रत

04 मई 2019 - वैशाखी अमावस्या

06 मई 2019 - चन्द्र दर्शन

07 मई 2019 - अक्षय तृतीया, परशुराम जयंती

09 मई 2019 - सूरदास जयंती, आद्यगुरु शंकराचार्य जयंती

10 मई 2019 - गंगा सप्तमी

13 मई 2019 - जानकी नवमी जयंती

15 मई 2019 - मोहिनी एकादशी व्रत

16 मई 2019 - प्रदोष व्रत

17 मई 2019 - नृसिंह जयंती

18 मई 2019 - वैशाखी पूर्णिमा, बुध जयंती, पीपल पूर्णिमा

22 मई 2019 - चतुर्थी व्रत

26 मई 2019 - कालाष्टमी, श्री दादूदयाल पुण्य तिथि
30 मई 2019 - अपरा एकादशी व्रत
31 मई 2019 - प्रदोष व्रत

जून 2019

03 जून 2019 - शनि जयंती, वटसावित्री पूजा, सोमवत्ती अमावस्या,
04 जून 2019 - चन्द्र दर्शन
11 जून 2019 - महेश नवमी
12 जून 2019 - गंगा दशमी
13 जून 2019 - निर्जला एकादशी व्रत
14 जून 2019 - प्रदोष व्रत, वटसावित्री व्रत आरम्भ
17 जून 2019 - ज्येष्ठ पूर्णिमा, कबीर जयंती, वटसावित्री व्रत पूर्ण
20 जून 2019 - चतुर्थी व्रत
29 जून 2019 - योगिनी एकादशी व्रत
30 जून 2019 - प्रदोष व्रत

जुलाई 2019

02 जुलाई 2019 - आषाढी भौमवत्ती अमावस्या
03 जुलाई 2019 - गुप्त नवरात्रा विधान आरंभ

04 जुलाई 2019 - चन्द्र दर्शन, श्रीजगगनाथ रथ यात्रा (पूरी)
07 जुलाई 2019 - स्कंद कुमार षष्ठी
10 जुलाई 2019 - भड़ली नवमी पर्व (सुनम), अबुझ संज्ञक मुहूर्त
12 जुलाई 2019 - देवशयनी एकादशी व्रत, चातुर्मास आरंभ
14 जुलाई 2019 - प्रदोष व्रत
16 जुलाई 2019 - पूर्णिमा कोकिला व्रत, गुरु पूर्णिमा व्रत, व्यासपीठ पूजा
17 जुलाई 2019 - श्रावण मास आरंभ
20 जुलाई 2019 - चतुर्थी व्रत
22 जुलाई 2019 - नागपंचमी, श्रावण मास का प्रथम सोमवार
28 जुलाई 2019 - कामिका एकादशी व्रत
29 जुलाई 2019 - प्रदोष व्रत, श्रावण मास का द्वितीय सोमवार

अगस्त 2019

01 अगस्त 2019 - हरियाली अमावस्या
02 अगस्त 2019 - चन्द्र दर्शन
03 अगस्त 2019 - स्वर्णगौरी व्रत, हरियाली तीज, झूला तीज, छोटी तीज
04 अगस्त 2019 - विनायक दूर्वा चतुर्थी व्रत
05 अगस्त 2019 - नागपंचमी
06 अगस्त 2019 - कल्कि जयंती, वर्ण षष्ठी,

07 अगस्त 2019 - श्री तुलसीदास जयंती

08 अगस्त 2019 - दूर्वा अष्टमी

11 अगस्त 2019 - पवित्रा एकादशी

12 अगस्त 2019 - सोम प्रदोष व्रत, श्रावण का चौथा एवं अंतिम सोमवार

15 अगस्त 2019 - रक्षाबंधन, श्रावण पूर्णिमा, श्रावणी कर्म, श्रावण मास समाप्त एवं स्वतंत्रता दिवस, अमरनाथ यात्रा पूर्ण

18 अगस्त 2019 - कज्जली तीज व्रत, सातुड़ी तीज व्रत

19 अगस्त 2019 - बहुला चतुर्थी व्रत (बोल चौथ)

21 अगस्त 2019 - हलचन्दन षष्ठी व्रत (उबछठ)

23 अगस्त 2019 - जन्माष्टमी

24 अगस्त 2019 - गोगानवमी

26 अगस्त 2019 - अजरा एकादशी

27 अगस्त 2019 - वत्स द्वादशी (बछबारस-गौवत्स पूजा)

28 अगस्त 2019 - प्रदोष

30 अगस्त 2019 - कुशाग्रहणी अमावस्या पिठोरी

31 अगस्त 2019 - चन्द्र दर्शन

सितम्बर 2019

01 सितम्बर 2019 - बाबा रामदेव बीज, हरितालिका व्रत

02 सितम्बर 2019 - गणेश चतुर्थी

03 सितम्बर 2019 - ऋषि पंचमी
04 सितम्बर 2019 - श्री बलदेवछठ, महालक्ष्मी व्रत आरंभ
06 सितम्बर 2019 - श्री महर्षि दधीचि जयंती, राधाष्टमी, महालक्ष्मी व्रत पूर्ण
08 सितम्बर 2019 - बाबा रामदेव दशमी, तेजा दशमी
09 सितम्बर 2019 - पद्मा जलझूलनी एकादशी
10 सितम्बर 2019 - वामन जयंती
19 सितम्बर 2019 - प्रदोष व्रत
12 सितम्बर 2019 - अनन्त चतुर्दशी व्रत
13 सितम्बर 2019 - पूर्णिमा व्रत, श्राद्ध पक्ष प्रारंभ, पूर्णिमा श्राद्ध
18 सितम्बर 2019 - चतुर्थी व्रत
23 सितम्बर 2019 - मातृ नवमी श्राद्ध
25 सितम्बर 2019 - इन्दिरा एकादशी व्रत
26 सितम्बर 2019 - प्रदोष व्रत
28 सितम्बर 2019 - सर्व पितृ अमावस्या
29 सितम्बर 2019 - मातामह श्राद्ध, शरद नवरात्रा आरंभ घट स्थापना
30 सितम्बर 2019 - चन्द्र दर्शन

अक्टूबर 2019

06 अक्टूबर 2019 - दुर्गाष्टमी

07 अक्टूबर 2019 - दुर्गानवमी
08 अक्टूबर 2019 - विजया दशमी
09 अक्टूबर 2019 - पापकुंशा एकादशी व्रत
11 अक्टूबर 2019 - प्रदोष व्रत
13 अक्टूबर 2019 - शरद पूर्णिमा, कार्तिक स्नान प्रारम्भ, पूर्णिमा व्रत, वाल्मिकी जयंती
17 अक्टूबर 2019 - करक चतुर्थी (करवाचौथ)
24 अक्टूबर 2019 - रमा एकादशी व्रत
25 अक्टूबर 2019 - धन त्रयोदशी, श्री धनवंतरि जयंती, प्रदोष व्रत
26 अक्टूबर 2019 - रूप चतुर्दशी
27 अक्टूबर 2019 - महालक्ष्मी पूजनम् (दीपावली)
(वृषभ एवम् सिंह लग्न में पूजा करना शुभ) महाकालरात्रि
28 अक्टूबर 2019 - गोवर्धन पूजा, अन्नकूट प्रारंभ
29 अक्टूबर 2019 - यम द्वितीया (भैय्यादूज), चन्द्र दर्शन

नवम्बर 2019

01 नवम्बर 2019 - सौभाग्य ज्ञान पंचमी (लाभ पंचमी)
02 नवम्बर 2019 - सूर्य षष्ठी-डालाछठ
04 नवम्बर 2019 - गोपाष्टमी
05 नवम्बर 2019 - आंवला अक्षय नवमी

08 नवम्बर 2019 - देव एकादशी (तुलसी विवाह), चातुर्मास पूर्ण
09 नवम्बर 2019 - प्रदोष व्रत
11 नवम्बर 2019 - श्री वैकुण्ठ चतुर्दशी
12 नवम्बर 2019 - कार्तिक पूर्णिमा, पुष्कर मेला कार्तिक स्नान समाप्त, गुरु नानक जयंती
16 नवम्बर 2019 - चतुर्थी व्रत
20 नवम्बर 2019 - श्रीकाल भैरव अष्टमी
22 नवम्बर 2019 - उत्पत्ति एकादशी व्रत
24 नवम्बर 2019 - प्रदोष व्रत
26 नवम्बर 2019 - अमावस्या भौमवत्ती
28 नवम्बर 2019 - चन्द्र दर्शन

दिसम्बर 2019

01 दिसम्बर 2019 - श्रीराम जानकी विवाह उत्सव
02 दिसम्बर 2019 - चम्पा षष्ठी
08 दिसम्बर 2019 - मोक्षदा एकादशी व्रत, गीता जयंती
09 दिसम्बर 2019 - प्रदोष व्रत
11 दिसम्बर 2019 - पूर्णिमा व्रत, श्री दत्तगुरु महाप्रभु जयंती
15 दिसम्बर 2019 - चतुर्थी व्रत
16 दिसम्बर 2019 - मलमास प्रारंभ

22 दिसम्बर 2019 - सफला एकादशी व्रत
23 दिसम्बर 2019 - प्रदोष व्रत
25 दिसम्बर 2019 - क्रिसमस (बड़ा दिन ईसा जन्म)
26 दिसम्बर 2019 - पौषी अमावस्या, सूर्य ग्रहण
27 दिसम्बर 2019 - चन्द्र दर्शन
31 दिसम्बर 2019 - वर्ष समाप्त।

वर्ष 2019 के सर्वसिद्ध मुहूर्त

इन मुहूर्तों में कोई भी नया कार्य, व्यापार आदि, नींव का मुहूर्त, गृह-प्रवेश, शुभ एवम् मांगलिक आदि कार्य आरम्भ कर सकते हैं।

1. बसन्त पंचमी/सरस्वती जयंती - 09 फरवरी 2019
2. फूलेरा दूज - 08 मार्च 2019
3. चैत्र शुक्ल पक्ष प्रतिपदा नवसंवत् (2076) आरम्भ/चैत्र नवरात्रा (अति श्रेष्ठ मुहूर्त्त) - 06 अप्रैल 2019 (शनिवार) चैत्र शुक्ल प्रतिपदा
4. अक्षय तृतीया - 07 मई 2019
5. भडली नवमी (सुनम) - 10 जुलाई 2019 (विवाह आदि कार्यों के साथ-साथ अन्य सभी मांगलिक एवं शुभ कार्य किये जा सकते है।)
6. विजयादशमी - 08 अक्टूबर 2019 (विवाह आदि कार्यों को छोड़कर अन्य सभी कार्य करना शुभ)
7. धन त्रयोदशी - 25 अक्टूबर 2019
8. दीपावली - 27 अक्टूबर 2019 (वृषभ लग्न एवम् सिंह लग्न में पूजा करना श्रेष्ठ।)
9. देव प्रबोधनी एकादशी (तुलसी विवाह)/कार्तिक शुक्ला एकादशी- 08 नवम्बर 2019

विभिन्न मुहूर्त के लिए मान्य मास, वार, नक्षत्र, तिथि आदि।

गृह निर्माण का मुहूर्त (नींव का मुहूर्त)

मास – वैशाख, श्रावण, मार्गशीर्ष, माघ, फाल्गुन मास एवं भाद्रपद कार्तिक मास भी सामान्यतया मान्य है।

वार – सोमवार, गुरुवार, शुक्रवार, शनिवार।

नक्षत्र – रोहिणी, मृगशिरा, चित्रा, हस्त, स्वाती, अनुराधा, उत्तराषाढ़ा, उत्तरा फाल्गुनी, उत्तराभाद्रपद, शतभिषा, रेवती।

तिथि – द्वितीया, तृतीया, पंचमी, षष्ठी, सप्तमी, दशम, एकादशी, द्वादशी, त्रयोदशी, पूर्णिमा तथा कृष्ण पक्ष की प्रतिपदा।

मेष, वृषभ, कर्क, सिंह, तुला, वृश्चिक, मकर, कुंभ राशि में सूर्य रहते ग्रह आरम्भ शुभ।

नवीन गृहप्रवेश मुहूर्त

मास – वैशाख, ज्येष्ठ, भाद्रपद, माघ, फाल्गुन, कार्तिक, मार्गशीर्ष मास सामान्यतया मान्य है।

वार – सोमवार, गुरुवार, शुक्रवार, शनिवार।

नक्षत्र – उत्तराषाढ़ा, उत्तरा फाल्गुनी, उत्तरा भाद्रपद, रोहिणी, चित्रा, मृगशिरा, रेवती विशेष शुभ।

वहीं जीर्ण गृहप्रवेश में शतभिषा, धनिष्ठा, स्वाती, पुष्य नक्षत्र भी मान्य है।

तिथि - चतुर्थी, नवमी, चतुर्दशी, अमावस्या को छोड़कर सभी तिथि मान्य।

भूमि क्रय-विक्रय मुहूर्त

मास - सभी मास मान्य।

वार - गुरुवार, शुक्रवार।

नक्षत्र - पूर्वाषाढ़ा, पूर्वा फाल्गुनी, पूर्वा भादप्रद, मृगशिरा, मघा, पुनर्वसु, आश्लेषा, विशाखा, अनुराधा, मूल व रेवती।

तिथि - दोनों पक्षों की पंचमी, षष्ठी, दसम, एकादशी, पूर्णिमा तथा कृष्ण पक्ष की प्रतिपदा।

दुकान, शोरूम, फैक्ट्री आदि आरम्भ करने का शुभ मुहूर्त

मास - सभी मास मान्य केवल श्राद्ध पक्ष एवम् मलमास अवश्य त्याज्य करें।

(श्राद्ध पक्ष 14 सितम्बर 2019 से आरम्भ होकर 28 सितम्बर 2019 तक तथा मल मास 16 दिसम्बर 2019 से 14 जनवरी 2020 तक)

वार - मंगलवार को छोड़कर सभी वार मान्य।

नक्षत्र - अश्विनी, रोहिणी, मृगशिरा, पुष्य, हस्त, चित्रा, अनुराधा, उत्तराषाढ़ा, उत्तरा फाल्गुनी, उत्तरा भाद्रपद एवम् रेवती।

तिथि - दोनों पक्षों की चतुर्थी, नवमी, चतुर्दशी एवम् अमावस्या को छोड़कर सभी तिथि मान्य।

राजसेवा में पदग्रहण मुहूर्त:

मास - सभी मास मान्य।

वार - सोमवार, बुधवार, गुरुवार, शुक्रवार।

नक्षत्र - अश्विनी, पुष्य, हस्त, मृगशिरा, चित्रा, अनुराधा, रेवती।

तिथि - दोनों पक्ष की द्वितीया, तृतीया, पंचमी, सप्तमी, दशमी, एकादशी, त्रयोदशी, पूर्णिमा तथा कृष्ण पक्ष की प्रतिपदा।

विभिन्न मशीनादि कार्य आरम्भ करने का मुहूर्त

मास - सभी मास मान्य। **वार** - बुधवार एवं शनिवार विशेष शुभ।

नक्षत्र - पुष्य, पुनर्वसु, रेवती, ज्येष्ठा, हस्त, चित्रा, अनुराधा, अश्विनी विशेष रूप से मान्य।

तिथि - दोनों पक्षों की चतुर्थी, नवमी, चतुर्दशी एवम् अमावस्या को छोड़कर सभी तिथि मान्य। चर लग्न, चर राशि, चर नक्षत्र भी विशेषकर शुभद।

मंत्री पद ग्रहण एवम् शपथ लेने का मुहूर्त

मास - सभी मास मान्य।

वार - मंगलवार एवं रविवार को छोड़कर सभी वार मान्य।

नक्षत्र - उत्तराषाढ़ा, उत्तरा फाल्गुनी, उत्तरा भाद्रपद, पुष्य, अनुराधा, रोहिणी, चित्रा, हस्त, अश्विनी, रेवती, मृगशिरा।

तिथि - दोनों पक्षों की चतुर्थी, नवमी, चतुर्दशी एवं अमावस्या को छोड़कर सभी तिथि मान्य।

सूर्यास्त के पश्चात, श्राद्ध पक्ष, मलमास आदि में मान्य नहीं।

शपथ ग्रहण में बुधवार को छोड़कर अभिजीत मुहूर्त में शपथ लेना शुभ।

न्यायालय में वाद दायर करने का मुहूर्त:

मास - सभी मास मान्य।

वार - मंगलवार एवम् शनिवार विशेष शुभ, अन्य वार सामान्यतः मान्य।

नक्षत्र - पूर्वाषाढ़ा, पूर्वा फाल्गुनी, पूर्वा भाद्रपद, आर्दा, आश्लेषा, मघा, कृतिका, मूला और ज्येष्ठा।

तिथि - दोनों पक्षों की चतुर्थी, नवमी, चतुर्दशी एवम् अमावस्या को छोड़कर सभी तिथि मान्य। (भद्रा रहते वाद दायर करना विशेष शुभ)

किस वार को क्या करें एवम् क्या न करें

» **किस वार को क्या खरीदें?**

» **क्या कार्य आरम्भ करें?**

» **कौनसा कार्य आरम्भ करना श्रेष्ठ रहेगा?**

सोमवार - वस्त्राभूषण क्रय-विक्रय, यात्रा भ्रमण विशेषकर धार्मिक यात्रा, नवकार्य आरम्भ, औषधि क्रय-विक्रय, औषधि सेवन आरम्भ करना, नव-वस्त्र एवम् रत्न धारण करना, सभी प्रकार के कृषि संबंधी कार्य, पशु खरीद, कला-साहित्य संबंधी कार्य आदि। शिव उपासना, रुद्राभिषेक, लघुरुद्र अन्य हवन आदि कार्य।
सोमवार को राहु काल वेलाः- प्रातः 07.30 से 09.00 बजे तक त्याज्य।

मंगलवार - साहसिक कार्य, ऋण देना, भूमि खरीद, भूमि बेचान, गवाही, सेना सेवा में पद ग्रहण, सेना, पुलिस विभाग में पदग्रहण करना, कोर्ट-कचहरी संबंधी मामलात, वाद-विवाद निर्णय, भेद लेना-देना, कृषि संबंधी कार्य, शल्य चिकित्सा, रक्तदान, औषधि सेवन आदि। भूलकर भी मंगलवार को ऋण नहीं लेवें। दुकान, फैक्ट्री, शोरूम आदि आरंभ करना निषेध।

विशेषकरः- नव-वस्त्र धारण करना एवम् मुण्डन संस्कार वर्जित हैं।

मंगलवार को राहु काल वेलाः- दोपहर 03.00 से 04.30 बजे तक।

बुधवार - व्यापार आरम्भ करना, व्यापार आरम्भ योजना को अंतिम रूप देना, दीक्षा लेना एवम् देना, विद्यारम्भ अध्ययन हेतु देशागमन, बुद्धि चातुर्य कार्य, निर्माण कार्य आरम्भ, गृह निर्माण, गृहप्रवेश, स्कूल प्रवेश, व्यावसायिक हिसाब-किताब, लेखा संबंधी कार्य, भागीदारी निर्णय, अधिवक्ता नियुक्त करना, नोटिस भिजवाना, राजनीति संबंधी निर्णय आदि। ज्योषीय सलाह, मुहूर्त्त आदि। भूलकर भी ऋण न देवें। साथ ही पुत्री को ससुराल हेतु विदा न करें। बुधवार को राहु काल वेलाः- दोपहर 12.00 से 01.30 बजे तक।

गुरुवार - धार्मिक कार्य, धार्मिक अनुष्ठान, गुरु सेवा, गुरु वार्त्तालाप, ज्ञान-विज्ञान साहित्य संबंधी कार्य, गृह शांति, मांगलिक कार्य, शुभ कार्य, राज्य सेवा में पदग्रहण, वस्त्राभूषण खरीद एवं धारण करना, दक्षिण दिशा को छोड़कर यात्रा करना, मशीनरी कार्य आरम्भ करना, नल-कूप खोदना, औषधि निर्माण एवम् सेवन, साहित्य लेखन, पुस्तक लेखन, पुस्तक प्रकाशन, विशेष पद हेतु शपथ ग्रहण, मुण्डन कार्य, गोद लेना, विवाह संबंधी वार्त्तालाप एवम् कार्य आरम्भ करना, वधूप्रवेश, ज्योतिषीय सलाह, गृहप्रवेश, गृहनिर्माण,

विवाह लग्नादि का मुहूर्त्त पूछना आदि सुखद। विशेषकर स्त्रियों को सिर धोना, कपड़े धोना, झाड़-फूंक आदि करना वर्जित है। पैसों का लेन-देन भी नहीं करें।

विशेषः- गर्भधारण के लिए गुरुवार श्रेष्ठ।

गुरुवार को राहु काल वेलाः- दोहपर 01.30 से 03.00 बजे तक।

शुक्रवार - मौज-शौक, सुखद यात्राएं, उत्तमोत्तम वस्त्राभूषण धारण करना, गीत, संगीत, नाटक, पार्टी आदि का आयोजन, रत्न एवम् महंगे धातु खरीद, भण्डारण, प्रेम-प्रसंग, मित्रता, विदेश यात्रा, सांसारिक कार्य, प्रेमालाप, वधूप्रवेश, विवाह संबंधी कार्य आरम्भ करना, फिल्म प्रदर्शन, संगीत शिक्षा प्राप्ति का शुभारम्भ, खेती करना, हल चलाना, बीज बोना, हवाई यात्रा, समुद्री यात्रा आदि शुभ।

शुक्रवार को राहु काल वेलाः- प्रातः 10.30 से 12.00 बजे तक।

शनिवार - विवाह, पाणिग्रहण संस्कार (फेरे लेना), नींव का मुहूर्त, गृहप्रवेश, स्थिर व्यापार आरम्भ करना, लोह, धातु, मशीनरी कार्य, कलपुर्जों संबंधी कार्य, कोर्ट-कचहरी मुकदमेंबाजी, गवाही आदि कार्य, कृषि संबंधी कार्य, बीज बोना, फसल काटना, सम्पत्ति खरीद, वाहन खरीद, नौकर-चाकर रखना, विशेष पद हेतु नियुक्ति देना, शल्य चिकित्सा संबंधी कार्य आदि करना लाभदायी।

विशेषः- वाहन खरीद के लिए शनिवार विशेष रूप से अनुकूल कहा जा सकता है।

शनिवार को राहु काल वेलाः- प्रातः 09.00 से 10.30 बजे तक।

रविवार - अस्त्र-शस्त्र खरीद, महंगे धातुओं की खरीद एवम् बेचान, विशेष पद हेतु आवेदन पत्र भरना, साहसिक कार्य, नेत्र चिकित्सा, विशेष पदग्रहण, दानादि कार्य, धार्मिक अनुष्ठान, हवन, मंत्रोजाप, सरोवर स्नान, धार्मिक यात्रा, साधु-संतों की सेवा आदि कार्य, गुरु एवम् देव-दर्शन, मनोकामना पूर्ति हेतु विशेष अनुष्ठान, वाद-विवाद, न्यायालय संबंधी परामर्श, अधिवक्ता नियुक्ति, पशु खरीद, औषधि सेवन, दूरगामी यात्रा, विशिष्ट पूजा-अर्चना, सूर्य उपासना, आदित्य हृदय स्तोत्र का पाठ, गेहूं, गुड़, ताम्रपात्र, तिल आदि का दान करना शुभ।

विशेषकरः- नव-वस्त्र धारण करना एवम् मुण्डन संस्कार वर्जित हैं।

रविवार को राहु काल वेलाः- सायं 04.30 से 06.00 बजे तक।

नोटः- किसी भी कार्य आरम्भ करने के दिन चन्द्र बल की स्थिति अवश्य देख लें तथा प्रत्येक वार को राहु काल

की वेला में शुभ एवम् मांगलिक कार्य का त्याज्य करें। व्यत्तिपात, वैधृति योग का भी त्याज्य करें।

वार	समय राहुकाल वेला
रविवार	सायंकाल 4:30 से 6 बजे तक
सोमवार	प्रातःकाल 7:30 से 9 बजे तक
मंगलवार	दिवा समय 3 से 4:30 बजे तक
बुधवार	दिवा समय 12 से 1:30 बजे तक
गुरुवार	दिवा समय 1:30 से 3 बजे तक
शुक्रवार	प्रातःकाल 10:30 से 12 बजे तक
शनिवार	प्रातःकाल 9 से 10:30 बजे तक

राहु काल समय वर्जित क्यों

राहु को साक्षात काल माना गया है। इस कारण राहु काल समय में कोई भी शुभ एवम् मांगलिक कार्य, विशेष कार्य पूजा, अर्चना, जप, तप, दान, दक्षिणा, हवन आदि कार्य गृह प्रवेश, यात्रा आरम्भ में बाधाएं विपदाएं, कठिनाइयां, परेशानियां, कार्य विलम्ब, रोग, शोक, चोट, दुर्घटना, तीन दिन का कार्य तेरह दिन में पूर्ण होना आदि की संभावनाएं बनी रहती हैं। इस कारण राहु काल वेला में शुभ कार्य अवश्य ही त्याज्य करें।

व्यापारिक बाधाओं का समापन

व्यवसायियों को लाभ बढ़ाने, साझेदारी में अथवा मेहनत का पूर्ण फल नहीं मिल पाने की स्थिति में निम्न प्रयोग करने से शुभ फलों की प्राप्ति होगी-

पूजन सामग्री

मोती शंख, 11 लक्ष्मीदायक कौड़ियां, 7 अभिमंत्रित गोमती चक्र, 108 काली मिर्च, 108 लौंग एवं 100 ग्राम अभिमंत्रित सरसों।

विधि :- किसी भी शुक्ल पक्ष की त्रयोदशी तिथि से द्वितीया तिथि यानी कि 5 दिन तक यह प्रयोग आपको सम्पन्न करना है। इसके लिए सबसे पहले आप उपर बताई गई सभी सामग्री को पीस कर रख दें।

फिर सायंकाल एक चौकी पर काला कपड़ा बिछाकर उपरोक्त मिश्रण को किसी पात्र में भरकर स्थापित करें। अब सरसों के तेल का दीपक जलाकर इस पात्र के भीतर रख दें। फिर दक्षिण दिशा की तरफ मुंह करके बैठ जाएं और नीचे दिए गए मंत्र की तीन माला नित्य जपें। दूसरे दिन कटोरी में से थोड़ा-सा मिश्रण लेकर अपने प्रतिष्ठान या दुकान के सामने बिखेर दें। यह प्रयोग इस प्रकार करें कि मिश्रण भैय्यादूज तक चले। ऐसा करने से व्यापारिक बाधा एवं

तांत्रिक प्रयोग नष्ट हो जाते हैं। यदि इस मिश्रण को शत्रु के घर के सामने बिखेर दें तो वह आपका विरोध करना बंद कर देगा, मंत्र इस प्रकार हैं :-

ॐ दक्षिण भैरवाय भूत प्रेत बंध तंत्र बंध निग्रहणी
सर्वसंहारिणी कार्यसिद्धि कुरू-कुरू फट् स्वाहा।

विवाह बाधा निवारक शिवगौरिश्वर साधना

मुझे प्रतिदिन लोगों से मिलने का अवसर प्राप्त होने से सबसे अधिक प्रश्न यदि किसी महिला और पुरुष ने पूछा है, तो वो है मेरा विवाह नहीं हो पा रहा है, कब होगा। ऐसे सभी अविवाहित महिला और पुरुषों को मैं यह साधना करने की सलाह दूंगा।

साधना सामग्रीः- प्राणप्रतिष्ठयुक्त अभिमंत्रित भोजपत्र, अनार की कलम, अष्टगंध, लग्न मण्डप सुपारी-7, हल्दी की गांठ-7, शिवगौरिश्वर माला।

साधना विधानः- यह प्रयोग आपको शुक्ल पक्ष के सोमवार के दिन सांयकाल के पश्चात् सम्पन्न करना है। इसे सम्पन्न करने हेतु विवाह योग्य वर अथवा कन्या स्नान आदि करके पीले रंग के स्वच्छ वस्त्र पहने तथा शुद्ध आसन ग्रहण करके अपने सामने एक बाजोट स्थापित करें। उस बाजोट पर पीले रंग का वस्त्र बिछाएं तथा उसे चारों ओर से मोली से बांध दें। तत्पश्चात् उस बाजोट पर भोजपत्र स्थापित करें तथा अनार की कलम व अष्टगंध की स्याही से निम्न शिवगौरिश्वर यंत्र का निर्माण करेंः-

यंत्र निर्माण के पश्चात् उस यंत्र पर सात लग्न मण्डप सुपारी तथा अभिमंत्रित हल्दी की गांठे, जनेऊ गुड़, केले पीले फूल तथा

सिक्के तथा चने की दाल आदि सभी को पीले वस्त्र पर रख दें। तत्पश्चात् इन पर धूप-दीप करें। उन पर केसर-कुंकुम से तिलक करें, अक्षत, पुष्प, बिल्व पत्र, नैवेद्य चढ़ाएं। फिर निम्न मंत्र की 11 माला जाप करें, मंत्र इस प्रकार हैं:-

विवाह यंत्र		
6	1	8
7	5	3
2	9	4

ऊँ क्लीं (कन्या/वर) का नाम लिखें।

मम वांछित वरं देहि,
देहि में शुभ फलं ह्रीं
ऊँ शिव-गौरिश्वराय
नमः।।

मंत्र जाप पश्चात् हाथ जोड़कर भोलेनाथ शिव व माँ गौरी पार्वती का ध्यान कर अपने विवाह के लिए शीघ्रतिशीघ्र निवेदन करें व प्रार्थना करें कि हमने आपका यह प्रयोग सम्पन्न किया है। इसमें हमें पूर्ण सफलता प्राप्त हो। ऐसा करने के पश्चात् यंत्र व सभी सामग्री उस पीले वस्त्र को बांधकर एक पोटली का रूप देकर घर में किसी शुद्ध स्थान अथवा मंदिर में रख किसी अन्य व्यक्ति का स्पर्श न हो तथा होली की रात्रि को होलिका दहन में इस पोटली को दहन कर दें तथा प्रार्थना करें कि मेरी मनोकामना पूर्ण हो।

पाएं क्लेश से छुटकारा दाम्पत्य जीवन में घोले मिठास

पति-पत्नी की पारस्परिक विचाराधाराओं में है असमानता, छोटी-छोटी बातों से बढ़ रहा है तनाव, रिश्तों में आ रहा है खिंचाव, तो कैसे घोलें इसमें मिठास?

साधना सामग्री- प्राणसिद्ध कवच, अष्टगंध, भोजपत्र, अनार की कलम, माला।

विधान- यह साधना आपको सोमवार के दिन सूर्योदय से पहले शुरु करनी है। इसके लिए स्नानादि से निवृत होकर शुद्ध वस्त्र धारण करें तथा अभिमंत्रित भोजपत्र पर अनार की कलम द्वारा अष्टगंध से नीचे दिए गए निम्न यंत्र अंकित करने पश्चात्, यंत्र को धूप-अगरबत्ती दिखाएं तथा उनके समक्ष इस मंत्र की 11 माला का जाप करें। मंत्र इस प्रकार है:-

ऊँ श्रीं ह्रीं क्लीं मम् गृह क्लेश शांतम्
कुरु-कुरु मम् परिवारस्य अभ्युदय
कुरु-कुरु ह्रीं फट् स्वाहा।

यदि पति-पत्नी के मध्य लड़ाई-झगड़े, क्लेश तथा बिन बात बहस अथवा परेशानियां अधिक बनी रहती है एवं स्थिति लड़ाई-झगड़े का बड़ा रूप धारण कर लेती हैं तो ऐसे में दाम्पत्य जीवन को

तांत्रिक क्रियाओं द्वारा बांधना भी एक बड़ा कारण हो सकता है। यदि आप भी ऐसी ही किसी स्थिति के शिकार हैं तो यह साधना अवश्य सम्पन्न करें।

12	10	12
9	9	16
13	15	6

मंत्र जाप पूर्ण होने के पश्चात् दोनों हाथ जोड़कर ईश्वर से प्रार्थना करें कि हमारे दाम्पत्य जीवन में जिस प्रकार की भी परेशानियां व अड़चनें आ रही है अथवा लड़ाई-झगड़े हो रहे हैं, उन्हें समाप्त कर हमारे दाम्पत्य जीवन को सुखमय एवं खुशहाल बनाएं। इस प्रकार की प्रार्थना करने के पश्चात् भोजपत्र को प्राणसिद्ध कवच में डाले एवं कवच को भली-भांति चिपकाकर पति/पत्नी अपने गले में धारण करें अन्यथा अपने तकिये के नीचे भी रख सकते है। ऐसा करने से शीघ्र ही आपके दाम्पत्य जीवन में आ रही सभी परेशानियों का शमन होगा।

ऋणमोचन लक्ष्मी साधना

धन का नहीं हो रहा है संचय और कर्ज का यदि बढ़ गया है बोझ, जब सभी प्रयास हो रहे है विफल, करें यह साधना होंगे सफल-

पूजन सामग्रीः- प्राणप्रतिष्ठायुक्त अभिमंत्रित सुमेरु कुबेर यंत्र, माला, अभिमंत्रित हल्दी की गांठ, अभिमंत्रित सरसों और अष्टगंध।

विधिः- सर्वप्रथम आप दीपावली की रात्रि सिंह अथवा वृषभ लग्न में अपने घर के पूजन कक्ष में स्नानादि करके शुद्ध लाल वस्त्र धारण करके बैठ जाएं। तत्पश्चात् अपने सामने एक बाजोट लेकर उस पर लाल वस्त्र बिछाकर उसे चारों तरफ से मोली से बांध दे। फिर बाजोट के चारों कोनों में उड़द की चार ढेरी बनाकर उन पर तेल के चार दीपक प्रज्जवलित करें तथा उनमें थोड़ी-थोड़ी सरसों डालें। तत्पश्चात् बाजोट के मध्य में गेहूं की ढेरी बनाकर उसमें भी थोड़ी सरसों डालें। फिर एक शुद्ध थाली लेकर उसमें अष्टगंध से "ॐ" का चिन्ह बनाकर उस पर सुमेरु कुबेर यंत्र विराजमान करें। फिर सवा किलो दूध द्वारा यंत्र पर माँ लक्ष्मी का ध्यान करते-करते अभिषेक करें। अभिषेक पूर्ण होने के पश्चात् यंत्र को शुद्ध जल से धो-पोंछकर बाजोट के मध्य ढेरी पर विराजमान कर दें तथा यंत्र पर अभिमंत्रित हल्दी की गांठ स्थापित करें। फिर उन पर केसर, कुंकुम से तिलक करें, अक्षत, पुष्प, अबीर-गुलाल एवं मावे का नैवेद्य

चढ़ाएं। फिर घी का दीपक जलाकर लक्ष्मी माला से 11 माला नीचे दिए गए मंत्र का जाप करें, मंत्र इस प्रकार हैः-

"ॐ नमों ह्रीं श्रीं क्रीं श्रीं क्लीं श्रीं लक्ष्मी मम्
गृहे धनं वृद्धि कुरु-कुरु ऋणं हर-हर स्वाहा।"

मंत्र जाप पूर्ण करने के पश्चात् माँ लक्ष्मी का ध्यान करें क्षमायाचना करें तथा उनसे प्रार्थना करें कि हे माँ लक्ष्मी! मुझ पर किसी भी प्रकार का ऋण एवं कर्ज है वह पूर्ण रूप से समाप्त हो जाएं तथा मेरे घर में सुख-समृद्धि व शांति का पूर्ण रूप से वास हो, मैं समृद्धिशाली व ऐश्वर्यवान् होकर अपना जीवन व्यतीत करूं तथा इस साधना में मुझसे यदि किसी भी प्रकार की गलती हो गई हो तो मुझे क्षमा करें। इस प्रकार पूजा करने के पश्चात् नैवेद्य घर के सभी सदस्य ग्रहण करें तथा अगले दिन व्यापार वृद्धि यंत्र को अपने व्यापार स्थल अथवा मन्दिर में स्थापित करें नित्य धूप-अगरबत्ती करें तथा हल्दी की गांठ को लाल कपड़े में बांधकर अलमारी में रख दें।

मनचाही नौकरी प्राप्ति हेतु

एज्युकेशन कम्पलीट करने के पश्चात् भी यदि मनपसंद जॉब न मिले तो ऐसे में न हो उदास, करें यह साधना, पूरी होगी मनोकामना-

साधना सामग्रीः- अभिमंत्रित गायत्री यंत्र, मंत्र चैतन्ययुक्त गोमती चक्र- 7 व कार्यसिद्धि माला।

विधिः- यदि आप मनोनुकूल नौकरी प्राप्त करना चाहते है तो उसके लिए नवरात्रा की प्रतिपदा को प्रातःकाल स्नान आदि से निवृत्त होकर एक चौकी पर लाल वस्त्र बिछाकर चावल की ढेरी बनाएं तथा पूर्व दिशा की ओर मुख करके कुश या ऊनी आसन पर बैठ जाएं। फिर उस पर अभिमंत्रित गायत्री यंत्र स्थापित करें। फिर सात गोमती चक्र को हल्दी से रंग कर स्थापित करें। इसके बाद धूप-दीप जलाकर कार्य सिद्धि माला द्वारा इस मंत्र की नित्य पांच माला का जाप करें, मंत्र इस प्रकार हैंः-

ॐ वर-वरदाय सर्वकार्य
सिद्धि करि करि ॐ नमः।

दशमी के दिन चावल की ढेरी सहित अन्य सामग्री उसी लाल कपड़े में लपेटकर कुएं अथवा तालाब में विसर्जित करें तथा बिना पीछे देखे [illegible] लौट आएं। घर आकर पुनः हाथ-पैर और मुंह धोएं। ऐसा करने [illegible]र ने चाहा तो आपको शीघ्र ही मनचाही नौकरी प्राप्त होगी।